하늘은
무너지지
않는다

이솝우화보다 재미있는 현장우화집

하늘은 무너지지 않는다

김견·박성재 지음

토파즈

희망을 꿈꾸게 하는 172가지 우화

직장생활에서 리더가 되어 작은 조직이라도 이끌다 보면 골치 아픈 일이 한두 가지가 아니다. 직원들을 관리해야 하고, 시장조사와 라이벌에 대한 연구, 거래처를 만나 협상하고 결과를 도출해야 한다. 또 자리에 돌아와서도 기획서와 보고서 더미에 파묻혀야만 한다.

복잡다단한 이 시대의 리더들은 좀 더 새롭고 혁신적인 경영전략을 갈망하게 되는데, 새로운 경영기법을 강연하는 세미나와 워크숍도 있고 관련 서적도 수도 없이 많다. 그러나 대부분이 너무 전문적이고 이해하기도 힘들어서 현장 맨들은 막막하기만 하다.

바야흐로 끝 모를 긴 불황의 터널이 기다리고 있고, 자칫 조직에서 살아남는다는 것 자체가 불확실해져 버렸다. 생각해보면 참 어렵게 획득한 직장이고 밤낮으로 노력한 끝에 성취한 지위이다. 그러나 조직생활은 더욱 타이트해지고 치열한 생존경쟁을 강요한다. 어떻게든 살아남고 리더로서 성공하려면 변화관리에 능숙해져야 한다. 효과를 장담할 수 없는 과거의 원칙과 논리 이상의 새로운 전략·전술이 긴요하고 변화무쌍한 창의성이 요구되는 것이다. 그런데 천변만화(千變萬化)의 기업활동에 꼭 필요한 획기적인 생존지혜는 아무리 간절해도 제 발로 찾아오지 않는다. 누가 일러주는 것이 아니라 스스로 연구하고 다양한 경험을 통해 체득해야 하는 것이다.

이 책은 172가지 짤막한 우화들을 통해 현장에서 시시각각 부딪히는 현실적인 문제들을 면밀히 분석하고 그에 맞는 나름의 해법을 제시하고 있다. 그래서 현재 리더의 위치에 있는 이들뿐만 아니라 내일의 리더들을 위한 지침서이기도 하다. 리더의 기본 덕목부터 조직관리, 현장문제에 대한 창의적인 독법, 시장을 지배하는 마케팅 기법, 발상의 전환 등 보다 나은 창의력을 요하는 직장인들을 단련시킬 이야기들이 실려 있다. 간결한 현장우화를 통해 채득하게 되는 지혜는 여느 전문서에서도 찾아볼 수 없는 생동감을 안겨줄 것이다.

생존을 위한 무한경쟁과 끊임없는 변화를 요구받는 현장에서 난마처럼 뒤얽힌 현안들을 해결하기란 보통 힘든 일이 아니다. 오랜 장고는 문제의 실마리를 더욱 어렵게 할 수도 있다. 복잡해 보일수록 결연한 끊고 맺음이 조직을 살리고 반전의 기회를 안겨줄 수 있다. 그래서 위기에 처할수록 의연해야 하고 결단이 확실해야 한다.

하늘이 무너질 듯 절망적인 상황일지라도 제풀에 주저앉아 낙담해서는 안 된다. 흔히 말하는 '하늘이 무너져도 솟아날 구멍은 있다'는 속담은 틀렸다. 걱정 붙들어 매라. 스스로 무너지지 않는 사람 앞에 하늘은 절대로 무너지지 않는 법이니까…….

차 례

| 1 | 나무 위의 원숭이들 - 리더의 길

| 2 | 개구리의 법칙 - 감동마케팅

3 │ **양떼를 살리는 방법** – 위기와 기회

4 │ **고양이와 쥐의 연맹** – 조직관리의 힘

| 5 | 뉴욕 잡동사니 사건 – 창의력과 도전정신

| 6 | 호랑이의 고독 – 변화와 신념의 힘

나무 위의 원숭이들
| 리더의 길 |

문서로 된 실적평가와 목표관리는 경영이 엉망인 회사의 능력 없는 경영자가 사용하는 것이다. 진정한 경영자는 자주 눈을 마주침으로써 경영을 한다. 리더가 자신의 추종자들을 진심으로 존중할 때 신뢰는 저절로 생겨난다.

— 로버트 타운센드

쇠못 이야기

어느 현장 앞에 불필요한 쇠못 하나가 박혀 있다. 이때 그곳을 드나드는
직원들은 다음과 같은 반응을 나타낸다.

첫 번째 부류는 쇠못을 아예 거들떠보지도 않고 지나쳐버리는 이들이고,
두 번째 부류는 쇠못을 발견하고 그 위험성을 인식하게 되는 이들이다.
이 두 번째 부류는 다시 세 부류로 나눌 수 있다.
첫 번째는 다른 사람이 뽑아내겠지, 나만 무사하면 된다고 생각하고 피

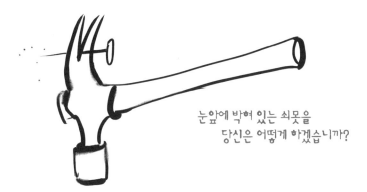

눈앞에 박혀 있는 쇠못을
당신은 어떻게 하겠습니까?

해 지나가는 사람들이고, 두 번째는 지금은 바쁘니 다음에 뽑아버려야겠다고 생각하고 지나친다. 그리고 세 번째 부류는 책임감을 느끼는 사람으로, 당장에 허리를 굽혀 그 쇠못을 뽑아버리는 사람이다.

첫 번째 부류는 하루를 아무 생각 없이 살아가는 사람들로, 환경 변화에 둔감하고 어쩌다 자기가 피해를 입게 되더라도 그 영문을 알지 못한다.

두 번째 부류의 첫 부류는 모든 일에 자기 실속만 챙기려는 사람으로, 다른 사람의 형편 따위는 조금도 개의치 않는다. 또한 두 번째 부류의 둘째 부류는 매사에 소극적이고 일을 뒤로 미루기 좋아하는 사람들로, 무슨 일에서나 핑계거리만 찾는다.

그런데 두 번째 부류의 셋째 부류는 적극적이고 책임감 있는 사람들로 문제의식과 위기의식, 책임의식, 그리고 시간의식을 두루 갖추고 있다. 이들이야말로 회사 내에 숨어 있는 꼭 필요한 인재다.

 # 덧니 가는 멧돼지

멧돼지가 굵은 나무둥치에 몸을 기대어 열심히 덧니를 갈고 있었다. 이때 지나가던 여우가 그 모습을 보고 고개를 갸우뚱하며 물었다.

"지금 뭘 하고 있는 거야?"

"보면 몰라? 덧니를 갈고 있지!"

여우가 말했다.

"거참 이상하네? 포수가 쫓아오는 것도, 당장 누구랑 한판 붙을 것도 아니면서 뭘 그리 열심이야?"

멧돼지가 말했다.

"당장 그때가 닥치면 덧니 갈 겨를이 언제 있겠냐? 지금처럼 한가할 때 미리 갈아둬야 위험이 닥쳐도 당황하지 않지!"

사람들은 항상 자기에게 기회가 주어지지 않는다고 불평하다가도 정작 승진할 기회가 찾아오면 평소에 충분한 준비와 능력을 닦아놓지 못한 것을 한탄한다.

강이나 바다에 물고기가 떼지어 몰려오는 경우가 있는데, 기회가 찾아오는 것도 이와 같다. 물고기가 몰려올 때 그물을 만들기 시작하면 물고기는 이미 지나가고 만다. 물고기를 잡으려면 평소에 그물을 준비해놓아야 한다.

사업도 마찬가지다. 기회가 찾아오기 전에 준비하고 있어야 어떤 상황이 벌어지든 그 자리에서 망설임 없이 행동할 수 있다.

나의 유비무환 정신을
니들이 우찌 알꼬~!

도마뱀

숲 속에 도마뱀 세 마리가 살고 있었다. 그 중 한 마리가 어느 날 문득 자기네 몸 색깔이 주변 색깔과 많이 다르다는 것을 깨닫고 다른 도마뱀 둘에게 말했다.

"아무래도 우리의 몸 색깔이 달라서 이대로 지낸다는 건 너무 위험한 것 같아. 이대로 있다간 언제 적의 먹잇감이 될지 모른다고. 어떻게든 주변을 좀 바꿔봐야겠어!"

말을 마친 도마뱀은 한바탕 공사를 벌일 듯이 삽이며 곡괭이를 들고 나왔다.

그러나 다른 한 도마뱀은 이렇게 말했다.

"그건 너무 힘든 일이야. 주위 환경이란 우리 힘만으로 쉽게 바꿀 수 있는 게 아니야. 차라리 다른 곳으로 옮겨가는 게 낫지!"

그러면서 그 도마뱀은 배낭을 꾸려 그곳을 떠났다.

그러자 잠자코 있던 세 번째 도마뱀이 주위를 둘러보면서 말했다.

"왜 우리는 스스로 환경에 적응하려 하지 않고, 꼭 환경을 우리한테 적응시키려고 하는 거지?"

말을 마친 세 번째 도마뱀은 한동안 햇볕을 빌려 자기 피부색을 바꾸기 시작하더니 이윽고 천천히 나뭇잎 사이로 숨어들었다.

치열한 생존경쟁시장에 뛰어든 기업들마다 나름대로 환경에 적응하는 방법이 있을 것이다.

주도적으로 환경을 개선해나가는 조직이 있는가 하면, 환경에 순응하며 돌아가는 기업, 또 능동적으로 내부를 개혁하고 환경에 적응하는 조직이 있다.

중요한 것은 시시각각 변화하는 환경에 맞춰 능동적으로 변화하는 것이다. 변화의 바람을 무시하는 조직은 살아남지 못한다.

 ## 천사와 악마

필립 왕자는 자신의 열여섯 번째 생일에 부왕으로부터 마차와 잘생긴 말 두 필을 선물받았다.

왕자가 날 듯이 기뻐하며 왕에게 물었다.

"이 말들의 이름이 뭐죠?"

왕이 웃으면서 말했다.

"한 녀석은 천사라 하고, 또 한 녀석은 악마라고 부른단다."

왕자가 고개를 갸우뚱하며 되물었다.

"천사는 괜찮지만, 악마라뇨? 말한테 왜 하필 그런 이름을 붙인 거죠?"

"애야, 넌 앞으로 이 나라 군주가 될 사람이다."

왕이 애정 어린 눈길로 어린 아들을 바라보며 말해주었다.

"넌 천사의 보살핌이 필요할 뿐만 아니라, 한편으로는 악마를 다스리고 써먹을 줄도 알아야 한다. 옛말에 '덕을 쌓지 못하면 패망하고, 덕만 쌓고는 궁지에 몰린다' 는 말이 있다. 착하기만 해서는 나쁜 사람들을 다스릴 수 없는 법이다……."

훌륭한 리더가 되기 위해서는 '올바른' 방법으로 적을 대처할 줄 알아야 할 뿐더러 필요할 때에는 '특별한' 방법도 쓸 줄 알아야 한다.

> ● ● ●
> 군주는 여우와 사자를 겸비해야 한다. 사자는 스스로 함정을 막을 수 없고, 여우는 이리를 막을 수 없다. 따라서 함정의 단서를 알기 위해서는 여우가 되고, 이리를 도망가게 하기 위해서는 사자가 되지 않으면 안 된다.
> —마키아벨리

 쥐와 개

어느 집에 몰래 숨어든 한 무리의 쥐가 있었다. 쥐들은 부뚜막 위에 놓인 고깃덩이를 훔쳐먹으려다 그 집을 지키는 개한테 들켰다.

쥐들이 개에게 협상조로 말했다.

"당신이 우릴 눈감아주면 이 고기를 조금 나눠주겠소."

그러나 개는 머리를 흔들며 말했다.

"당장 물러가는 게 좋을 거야. 고기가 없어진 걸 알면 주인은 나를 의심할 테고, 그러면 내가 도마 위의 고기 신세가 된단 말이다!"

적수에게 손을 내밀어서는 안 된다. 작은 이익을 챙기려다 자칫하면 더 큰 것을 잃는다.

안 돼!!
난 너희랑 공범자가
되기 싫어.

요번만 눈감아주시면….

나무 위의 원숭이들

기업이란 나뭇가지마다 원숭이들이 줄지어 앉아 있는 나무와 같은 것이다. 위로 기어오르는 원숭이가 있는가 하면, 위에서 아래를 내려다보는 원숭이도 있다. 위에서 굽어보면 헤시시 웃는 얼굴들만 보이지만, 아래서 올려다보면 엉덩이들만 보인다.

과일이 열려 익으면 항상 맨 위에 있는 원숭이가 먼저 따먹는다. 먹고 나면 싸게 마련, 아래쪽 원숭이들이 차지하는 것은 항상 위쪽 원숭이의 찌꺼기나 배설물이다.

아래쪽 원숭이가 위로 올라가려면 얼굴로 위쪽 원숭이들의 엉덩이를 비비고 올라가야 하는데, 얼마나 높이 올라갈 수 있는가 하는 것은 얼굴로 엉덩이를 비비는 기교에 달려 있다. 맨 위의 원숭이는 다른 원숭이의 엉덩이를 비빌 필요가 없지만, 언젠가는 그 위치를 대신할 원숭이의 발길에 엉덩이를 차여 나가떨어진다.

나무가 바람을 타거나 무게를 못 견디고 흔들릴 경우, 위에 있는 원숭이는 나뭇가지를 꺾어 아래쪽 원숭이들을 때린다. 그러면 아래쪽 원숭이들은 서로 떨어지지 않으려고 죽기살기로 다툰다.

그 혼란 중에 나무에서 떨어진 원숭이들이 얻는 보상이란 위에서 던져주는 과일 몇 개가 전부! 그런 식으로 나무의 부담은 덜어지고 한때의 무질서는 차츰 정상상태로 회복한다.

흥망성쇠는 불변의 법칙! 사람을 얻는 자는 흥하고, 사람을 잃는 자는 망한다.

> •••
>
> 미래 부의 세계에서는 어느 한 기업이 어떻게 사업을 펼칠 것인가가 결국 리스크 매니저들에 의해 좌우될 것이다. 리스크 경영관리는 이제 그 기업의 주업이 무엇이고, 주력 제품이 무엇인가 하는 것만큼이나 중대한 사안이다. 아울러 개인의 경우와 마찬가지로, 기업의 경우에도 리스크를 택하지 않는 것은 그 모든 종류의 리스크 중에서도 가장 큰 리스크를 택하는 셈이다.
>
> —스탠 데이비스

두 번째 채용

대학을 갓 졸업한 청년이 필립스사 사장실을 찾아와 면접을 보았다. 사장이 이런저런 조건을 따져보니 전공도 딱 맞고 실력도 우수했다.

사장이 밝게 웃으며 청년에게 손을 내밀었다.

"좋소, 젊은이. 수많은 경쟁자들을 물리치고 우리 그룹의 일원이 된 걸 진심으로 축하하오."

그런데 청년은 그 손을 잡을 생각은 하지 않고 오만하게 말했다.

"죄송합니다만, 저 방금 생각이 바뀌었습니다……."

"?"

사실 그 청년은 자기가 학교를 졸업하자마자 이렇게 큰 회사에 선뜻 입사하게 될 줄은 꿈에도 몰랐다. 그래서 순간적으로 자기 능력에 대한 우월감이 가득 차서 이렇게 생각했다.

'기왕이면 더 많은 연봉을 주는 데로 가는 거야.'

그후 청년은 몇 달 동안 이곳저곳에 이력서를 들이밀었지만, 가는 곳마다 번번이 퇴짜를 맞았다. 그래서 나중에는 얼굴에 철판을 깔고 다시 필립스사 사장실을 찾아갔다.

그런데 그 청년과 모든 회사 직원들의 예상과 달리 사장은 별다른 토도 달지 않고 청년을 받아주었다.

한 직원이 이해할 수 없다는 듯 사장에게 물었다.

"왜 저렇게 자기 주제도 모르고 날뛰는 놈을 다시 채용하는 거죠?"

사장이 말했다.

"난 저 친구의 용기를 높이 산 걸세. 게다가 저 친구는 처음 왔을 때의 그 애송이가 아니야. 그동안 많이 성숙돼 있더군."

청년은 자신에게 주어진 그 기회를 소중히 여기고 최선을 다해 일했다. 그 결과 훗날에는 회사 기술 파트의 핵심적인 인물이 되었다.

나는 제일 좋은 것을 선택할 수 없었지만, 제일 좋은 것이 나를 선택했다.

 ## 철없는 당나귀

어느 농장에 당나귀와 수탉이 살고 있었는데, 어느 날 굶주린 사자 한 마리가 뛰어들었다.

사자가 당나귀를 덮치려는 순간, 수탉이 '꼬끼오!' 하고 비명을 질렀다. 전하는 바에 의하면, 사자는 수탉 울음소리를 제일 무서워한다고 한다. 깜짝 놀란 사자가 걸음아 나 살려라 줄행랑을 놓았다.

그러자 사자가 자기보다 엄청 작은 수탉의 울음소리에 놀라 달아나는 모습을 본 당나귀는 그 사자를 혼내주려고 용감하게 뒤쫓아갔다. 하지만 당나귀는 얼마 못 가서 사자 밥이 되고 말았다.

상대방의 실력을 제멋대로 추측하다간 큰 화를 입기 쉽다. 시장경쟁에서 충분한 준비를 갖추지 못한 상황에서 함부로 적을 만든다는 것은 곧 패망의 지름길이다.

기업 경영은 바로 눈앞만 봐서는 안 된다. 경영을 시작하자마자 이익을 얻는 기업은 매우 위험하다. 경영자에게 교만한 습관을 길러주기 때문이다. 이는 대부분 훗날의 실패를 부른다.

덫에 걸린 호랑이

어느 사냥꾼이 숲 속에 함정을 파고 덫을 설치했는데, 살짝 건드리기만 해도 순식간에 걸려들 만큼 강력한 것이었다.

하루는 호랑이 한 마리가 그곳을 지나다가 한쪽 다리가 그만 덫에 걸렸다. 호랑이는 이빨을 악물고 몸부림쳐봤지만 도무지 벗어날 수가 없었다.

어쩔 것인가! 이대로 있다간 곧 나타날 사냥꾼에게 가죽이 벗겨지고 말 것이다. 맹수에게 한쪽 다리가 없다는 것은 치명적이다. 그렇다고 이대로 개죽음을 당할 것인가! 그럴 순 없다! 어떻게든 목숨은 건지고 봐야 한다!

호랑이는 결국 모진 아픔을 무릅쓰고 덫에 걸린 다리 하나를 끊은 다음 도망치는 데 성공했다.

자본시장이라는 거대한 바다의 무한경쟁에 뛰어든 어떤 조직이든 위기와 함정에 빠질 위험성이 있다. 조직의 분열이나 운영자금 부족, 뜻하지 않은 거래처의 부도 등 도처에 숱한 덫이 널려 있다.

조직의 리더는 모름지기 위기에 봉착했을 때 일부를 희생해서라도 전체 조직을 살릴 수 있는 결단을 과단성 있게 발휘할 수 있어야 한다.

사람을 안다는 것

초(礎)나라 왕이 한번은 공자에게 관직을 내렸고, 공자도 기꺼이 응했다.

제자들을 거느린 일행이 진(陳)나라와 채(蔡)나라 사이의 벌판을 지날 때였다. 공자가 초나라에 오면 자신의 지위가 위협받을까 두려워하던 몇몇 초나라 대신들이 사람을 보내 일행의 앞길을 막아섰다. 그래서 1주일째 공자와 제자들은 쌀 한 톨 구경할 수 없는 궁지에 몰렸다.

그때 밖으로 빠져나갔던 안회(顔回)가 쌀을 조금 구해왔다. 쌀을 씻어 안쳐서 밥이 거의 되어갈 무렵, 공자는 초조한 눈길로 제자 안회와 끓는 밥솥을 번갈아 보고 있었다. 그런데 안회가 갑자기 밥솥 뚜껑을 열어 밥을 한 움큼 쥐더니 제꺽 자기 입 안에 넣는 것이 아닌가. 그것을 목격한 공자는 쓸쓸한 회의감을 느꼈다.

으음, 바로 이 맛이야!

아니, 저 녀석이….

얼마 후 밥이 다 되었고, 안회가 아주 공손하게 공자 앞에 밥을 갖다놓았다. 그러자 공자는 짐짓 아무 일도 없었던 듯 몸을 일으키며 가시 돋친 말을 했다.

"아까 꿈에서 돌아가신 아버님을 뵈었는데, 부친이 말씀하시길 꼭 깨끗한 밥으로 제를 올려야지 누가 먹던 밥을 써서는 안 된다고 하더군."

그러자 안회는 공자의 말뜻을 즉시 알아채고는 이렇게 말하는 것이었다.

"정말 죄송합니다, 선생님. 아까 밥이 거의 다 되어갈 때 나무 재가 들어간 것을 발견하고 지금 상황에서 그대로 내버릴 수는 없고 해서 제가 그것을 집어먹었던 것입니다."

그 말을 듣고 난 공자는 제자를 무턱대고 의심부터 한 일이 그렇게 미안할 수가 없었다. 그래서 이렇게 스스로 탄식했다.

"사람은 눈으로 사물을 봐야 하니 당연히 눈을 믿어야겠지만, 그 눈도 다 믿을 바는 못 되는구나. 게다가 또 마음으로 일을 생각해야 하니 당연히 마음도 믿어야겠지만, 그 마음 역시 다 믿을 바는 못 되고……. 휴, 한 사람을 안다는 건 정말 쉽지가 않구나!"

혹시 지금의 나 역시 누군가를 독단적으로 판단하고 있는 건 아닌가?

사자의 용병술

숲 속의 왕 사자가 일전을 앞두고 군대를 소집했다.

사자는 먼저 각 동물들에게 임무를 부여해주었다. 힘이 좋은 코끼리는 군수물자 운반책으로, 성깔 사나운 늑대는 돌격대장으로, 머리 좋은 여우는 책사로, 민첩하고 폼잡기를 좋아하는 원숭이는 적을 교란하고 유인하는 행동대장으로!

그런데 갑자기 일행 중에서 누군가가 소리쳤다.

"저 눈먼 토끼와 절름발이 나귀는 두고 갑시다. 저들을 데려갔다간 부담만 될 뿐 아무런 쓸모가 없습니다."

그러나 사자 왕은 고개를 저었다.

"나는 저들이 부담거리만 된다고 생각지 않는다. 눈먼 토끼는 귀를 땅에 대고 시시각각 적의 동태를 파악할 수 있을 것이다. 그러잖아도 귀가 예민한 토끼인데, 눈먼 토끼라면 두말해서 잔소리지! 그리고 절름발이 나귀야말로 최고의 기관총 사수다. 행동이 워낙 불편해서 적들이 들이닥쳐도 도망칠 생각을 하지 않고 끝까지 남아서 싸울 게 아닌가!"

각각의 개인이 갖고 있는 재능을 재빨리 파악하고 적절한 업무 수행을 하도록 유도하는 것이 리더의 역할이다.

절름발이와 맹인

절름발이가 맹인 집으로 놀러가 한창 재미있게 대화하고 있는데, 갑자기 불이 나서 불길이 맹인의 집을 휩쌌다.

절름발이가 소리쳤다.

"이런, 자네 집에 불이 붙었네!"

맹인이 말했다.

"나도 매캐한 연기와 나무들이 타 번지는 소리를 들었네. 얼른 빠져나가

자고!"

그러나 절름발이는 금세 울상을 지었다.

"하지만 자네도 알다시피 난 다리가 불편해서……."

맹인이 말했다.

"그런 염려는 말게나. 내가 자네를 업고, 자넨 길을 안내하면 되잖은가!
자, 어서 업히라고!"

두 사람은 그렇게 무사히 불길 속을 빠져나올 수 있었다.

기업들간의 성공적인 합종연횡을 살펴보면, 그 공통적인 비결이 다름 아
닌 '장점을 취해 단점을 보완' 하는 방법이다. 맹인의 건실한 다리에 절름
발이의 좋은 시력을 합치면 '1+1〉2' 의 신기한 효과를 볼 수 있다.

해마의 종착지

어느 날 해마(海馬)가 꿈을 꾸었는데, 자기가 일곱 개나 되는 금광을 소유하게 되는 엄청난 꿈이었다.

잠에서 깬 해마는 그 꿈이 엄청난 계시처럼 여겨졌다. 때마침 해마는 금화 일곱 닢을 갖고 있었는데, 그것이 꼭 일곱 개의 금광을 암시하는 것 같았다. 그래서 그 일곱 닢의 금화를 몸에 지니고 꿈에서 본 일곱 개의 금광을 찾아 길을 떠났다.

가늘고 긴 주둥이를 가진 해마는 다른 어류에 비해 거의 직각으로 구부러져 있기 때문에 서서 헤엄을 쳐야 했다. 그래서 그 속도가 매우 느렸다. 해마는 그렇게 느릿느릿 헤엄을 치면서도 언젠가는 눈앞에 휘황찬란한 금광이 나타나리라는 희망을 저버리지 않았다.

얼마나 지났을까. 갑자기 장어 한 마리가 말을 걸어왔다.

"너 어딜 그리 급히 가고 있니?"

해마가 자랑스럽게 대답했다.

"어, 꿈속에서 본 금광을 찾아가는 길이야. 그런데 속도가 너무 느려서……."

"그래? 너 오늘 참 운이 좋구나. 너를 빨리 헤엄치게 도와줄 수 있는 방법이 있는데, 내게 금화 네 닢만 주면 네게 지느러미를 하나 줄게. 지느러미가 있으면 넌 지금보다 몇 배나 더 빨리 헤엄칠 수 있지."

"그래?"

해마는 그렇게 금화 네 닢과 맞바꾼 지느러미를 달고 헤엄쳤는데, 과연 속도가 이전보다 배로 빨라졌다. 해마는 기분이 매우 유쾌해졌다.

얼마 후, 해파리가 해마를 보고 물었다.

"어딜 그렇게 급히 가?"

"응, 금광을 찾아가는 길인데 아직도 속도가 너무 느린 것 같아."

"그렇다면 내게 좋은 방법이 있는데, 금화 세 닢만 주면 널 고속보트에 태워주지. 이것만 타면 넌 바다 속 어디든 자유롭게 다닐 수가 있거든."

그래서 해마는 나머지 금화 세 닢을 주고 고속보트에 올라탔다. 과연 이전보다 다섯 배나 빠른 속도로 이동할 수 있었다. 이젠 정말 금광이 당장이라도 눈앞에 나타날 것만 같았다.

그런데 그 다음에 만난 것은 하필이면 상어였다. 상어가 매우 안타까운 듯이 말했다.

"나한테 너를 훨씬 더 빨리 가게 할 수 있는 가장 확실한 방법이 있지. 내 몸 자체가 초고속으로 움직이는 큰배 아니냐? 그러니 넌 그냥 내 뱃속으로 들어오기만 하면 돼. 아무런 힘도 들지 않고, 또 시간도 엄청 절약할 수 있지. 어때? 한번 타보지 않을래?"

"그것 참 좋은 방법이네요!"

해마는 일말의 주저함도 없이 상어가 벌린 입 속으로 유유히 헤엄쳐 들어갔다.

속도 추구가 보편화된 요즘 세상에서 많은 경영진들은 어떻게 하면 좀더 빨리 성과를 낼 수 있을까 골몰한다. 마치 해마처럼 오직 '늦다'는 것에만 조바심을 태우며 기업 발전 전략을 아예 기업 인수나 매입 쪽으로 간편화시키는 것, 즉 돈을 주고 속도를 사는 것이다.

그러나 기업의 발전 속도가 아직 '헤엄치는' 단계임에도 강렬한 성장 욕망에만 사로잡혀 있는 것은 문제가 아닐 수 없다. 내부 발전 동력 없이 오직 속도에 의존해 내달리는 방식은 '속도의 마(魔)'에 자력을 소진하고 스스로 멸망의 나락으로 뛰어드는 것이다.

 # 항로를 바꿔라

1995년 10월에 실제로 있었던 미국 해군과 캐나다 뉴펀들랜드 해안경
비 당국의 무선통신 내용.

- 미군 : 북쪽으로 15도 항로를 바꿔주기 바란다. 우린 마주 보고 이
  동하고 있다. 이대로는 충돌할 것이다.
- 캐나다 : 충돌을 피하려면 귀함이 남쪽으로 15도 항로를 바꿔야
  한다.
- 미군 : 여기는 미 해군 함정의 함장이다. 반복한다. 항로를 바꿔라.
- 캐나다 : 안 된다. 다시 말하겠다. 귀함이 항로를 바꿔라.
- 미군 : 여기는 미군 대서양 함대에서 두 번째로 큰 항공모함 링컨호
  다. 우리는 구축함 3척, 순양함 3척, 그리고 20여 척의 지원 함정을
  거느리고 있다. 항로를 당장 북쪽으로 15도 옮길 것을 명령한다. 그
  러지 않으면 큰 피해를 입게 될 것이다.
- 캐나다 : 맘대로 해라. 여기는 등대다!

고정관념을 버려라. 일단 관념을 바꾸면 정황은 완전히 달라진다. 사실
우리는 모두 안개에 둘러싸인 선장의 처지와 마찬가지 아닌가.
고정관념에 사로잡혀 과거에 머물러 있기를 고집하는 기업은 스스로 과거
의 일부분이 되고 말 것이다.

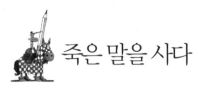

죽은 말을 사다

'반신반의(半信半疑)'라는 사자성어는 이런 이야기에서 유래되었다고 한다.

어느 왕이 천 냥을 주고 천리마를 구하려 하자 잡일을 맡아보던 하급관리가 나서서 천리마를 구해오겠다고 했다.

그런데 그 관리가 천리마가 있는 곳에 도착했을 때는 천리마가 이미 죽어 있었다. 하는 수 없이 그는 5백 냥을 주고 죽은 말의 머리를 사왔다.

이 사실을 안 왕이 크게 노하여 소리쳤다.

"이 한심한 놈아! 천리마를 사오라고 했지 누가 죽은 말을 사오라고 했더냐!"

지금 네가 감히
날 능욕하는 게냐?
당장 물렀거라,
꼴도 보기 싫다!

힝힝, 하지만...
저도 한때는
천리마로
이름을 날렸습지요.

그러자 관리는 이렇게 말하는 것이었다.

"죽은 말을 5백 냥에 사는데, 산 말이야 두말할 필요가 없지요. 이 소문을 들으면 천리마를 가진 자들이 훨씬 더 높은 가격을 받고자 몰려들 것입니다."

"……?"

왕은 관리의 말이 수긍이 가는 한편으로 의심스럽기도 했지만, 어쨌든 그로부터 1년 뒤에는 세 필의 천리마를 얻었다고 한다.

진정으로 인재를 아끼고 중시한다면 천 리 밖의 인재도 끌어들일 수 있어야 한다.

비바람에 맞서 정상으로

아프리카 표범은 당해낼 적수가 없는 숲 속의 강자였다. 어린 새끼표범은 그 부친으로부터 많은 세상 이치를 깨쳤다.

한번은 새끼표범이 이렇게 물었다.

"만약 산중턱에서 갑자기 큰 빗줄기를 만나면 어떡해야 되죠?"

표범이 말해주었다.

"그럴 땐 산 정상으로 올라가야지."

새끼표범이 알 수 없다는 듯이 물었다.

"왜 아래로 내려가지 않고 올라가요? 그럴 땐 위로 오를수록 비바람이 더 거셀 텐데?"

"그래, 산 위로 올라갈수록 비바람은 더욱 세차겠지. 하지만 아무리 거센 비바람이라도 목숨이 위태로울 정도는 아닐 거다. 반대로 밑으로 내려가면 어떻겠느냐? 비바람은 덜하고 안전한 것 같지만 갑자기 터진 산사태에 매몰될 수도 있는 거란다."

표범이 엄숙한 표정으로 말을 이었다.

"비바람을 피하려고만 하다간 산사태에 휘말릴 수밖에 없다. 오직 비바람에 맞서 나아가야만 살아남을 수 있는 것이다!"

기업이 곤경에 처했을 때는 적극적으로 해결하려고 해야지, 뒷걸음치다 보면 더 큰 위험에 빠지기 십상이다.

최고경영자는 기업이 위기에 처했을 때야말로 자신의 능력을 증명해내야 한다.

 주인과 수탉

어느 양계장에서 이른 새벽에 홰를 친 수탉이 주인한테 죽음을 당했고, 그 이튿날에도 또 다른 수탉이 홰를 쳤다가 죽음을 당했다.

이웃사람이 그 영문을 몰라하며 물었다.

"그 수탉들은 매일 새벽 꼭 제시간에 홰를 치던데, 왜 죽인 거요?"

양계장 주인이 말했다.

"난 늦잠 자는 버릇이 있는데, 놈들은 성가시게 새벽부터 홰를 친단 말입니다."

이웃사람이 말했다.

"그건 수탉들의 잘못이랄 수 없소. 새벽마다 홰치는 게 저들의 본성이잖소!"

"그건 내가 알 바 아닙니다. 난 단지 암탉과 교미할 수탉이 필요할 뿐, 홰치는 수탉은 필요없단 말입니다."

"하지만 수탉은 홰를 쳐야 하는 가축이고, 아무래도 방법을 달리하는 게 좋을 것 같은데?"

양계장 주인이 말했다.

"휴! 그건 너무 어려워요. 나도 처음엔 수탉들의 목구멍을 죄다 막아버릴까 하기도 하고, 또 주둥이를 잡아매둘까도 생각했지만 번거로워서 차라리 잡아버리는 게 낫다고 판단한 겁니다."

"그럼 늦잠 자는 당신의 습관을 고쳐볼 생각은 못했소?"

"내 습관을 고쳐요? 말도 안 되는 소리!"

양계장 주인은 버럭 화를 냈다.

"늦잠 자는 습관이 몸에 밴 지 이미 수십 년도 넘습니다. 그런 걸 어찌 수탉 몇 마리 때문에 바꾼단 말입니까? 게다가 난 엄연한 주인 아닙니까? 어떻게든 녀석들이 내 습관에 맞춰 살아야 하는 것 아닙니까? 습관이 서로 다를 때 손해봐야 하는 쪽은 녀석들이지 어떻게 내가 양보를 해야 한단 말입니까?"

조직을 경영해나가는 것은 사실상 부단한 변혁의 과정이다. 이 과정에서 숱한 충돌과 모순이 생겨나게 마련인데, 그럴 때마다 리더의 역할이 중요하다.

바위를 제거하다

어떤 농부의 밭 한가운데에 커다란 바위가 박혀 있었다.

그 바위는 농부의 큰 시름거리였다. 지난 몇 년간 보습을 몇 개나 망가 뜨렸는지 모른다.

그날도 보습이 바위에 부딪혀 부러지는 바람에 농부는 화가 치밀었다. 그놈의 우환거리를 이번에는 꼭 없애야겠다고 마음먹은 농부는 지렛대 를 가져다가 바위 밑으로 들이민 다음 있는 힘껏 들어보았다.

그러자 깊숙이 박혀 있을 거라 생각했던 그 바위는 놀랍게도 큰 힘을 들 이지 않았는데도 쑥 뽑히는 것이었다.

다시 정으로 바윗덩어리를 잘게 쪼개어 깨끗이 제거하고 나자 농부의 가 슴은 그제야 후련해졌다. 그러면서 머릿속으로는 '지난 수년간 왜 진작 이 시름거리를 제거할 생각을 못했을까?' 하는 생각에 쓴웃음이 피어올 랐다.

어떤 문제에 봉착했을 때는 그 즉시 원인을 찾아 해결하려 해야지 미뤄서는 안 된다.

기업 경영도 마찬가지다. 반복적으로 발생하는 문제들은 그 즉시 해결하려는 노력이 필요하다. 자칫 그것이 누적되어 위험요소가 되고, 정상적인 기업 운영에 지장을 초래할 수도 있는 것이다.

 ## 오만의 결과

어떤 독수리가 자기 부인과 함께 숲 속의 커다란 상수리나무를 골라 둥지를 틀었다. 그 소식을 접한 쥐가 독수리를 찾아가 경고했다.

"이 나무는 안전하지 못해요. 뿌리가 거의 다 썩어서 언제 쓰러질지 알 수 없어요. 빨리 거처를 옮기는 게 좋을 겁니다."

하지만 독수리는 쥐에게 호통만 칠 뿐이었다.

"거참! 나 독수리가 그래 한낱 쥐에 불과한 너의 충고를 받아들여야 하느냐! 감히 나 독수리 왕의 일에 간섭하려 하다니! 건방진 놈!"

쥐의 충고를 무시해버린 독수리는 예정대로 둥지를 완성했고, 얼마 뒤에는 귀여운 새끼들을 낳았다.

그날도 아침해가 뜨자 사냥을 나간 독수리는 어린 새끼들에게 먹일 풍성한 사냥감을 물고 돌아왔다. 그런데 둥지를 튼 상수리나무가 쓰러지는 바람에 부인과 새끼들 모두 땅바닥에 떨어져 죽어 있었다.

눈앞의 참상에 넋이 나간 독수리가 한탄했다.

"어떻게 이런 일이! 좋은 충고를 귓전으로 흘렸다가 이렇게 가혹한 징벌을 받는구나!"

쥐가 말했다.

"한번 생각해보세요. 나무 밑에서 살고 있는 쥐보다 나무 상태에 대해
더 잘 알고 있는 동물이 어디 있겠어요?"

기업의 리더들은 높은 자리에 앉아서 부하직원들의 건의나 충고를 무시하
는 경향이 있다. 하지만 사실상 기업의 운영이 어떠한지는 맨 밑에서 일하
는 말단직원들이 더 잘 안다.

 # 앵무새

어떤 남자가 앵무새를 사러 새 시장에 갔다.

그런데 맨 먼저 눈에 띈 앵무새 앞에 이렇게 쓰여 있었다.

'2개국 말을 하는 앵무새—2백 달러.'

그 옆의 앵무새 앞에는 또 이렇게 쓰여 있었다.

'4개국 말을 하는 앵무새—4백 달러.'

남자는 잠시 속으로 망설였다.

'어떤 걸 사지?'

두 마리 다 털빛이 화사하고 깜찍했으며 건강해 보였다.

남자는 뜸을 들이고 이리저리 살펴보아도 어떤 앵무새를 사야 할지 마음
을 정할 수가 없었다.

그러던 중 우연히 옆의 늙은 앵무새에게로 시선이 쏠렸다. 그 새는 털
빛깔부터 마음에 들지 않고 부스스해 보였는데, 가격은 무려 8백 달러나

되었다.

이상하게 생각한 남자가 가게 주인에게 물었다.

"이 앵무새는 아마 8개 국어쯤 하나 보죠?"

가게 주인이 고개를 저었다.

남자가 고개를 갸우뚱하고 다시 물었다.

"그럼 왜 이렇게 늙고 볼품없고 또 재간도 없어 보이는데 그렇게 비싼 겁니까?"

가게 주인이 대답해주었다.

"그건 저 두 마리 앵무새가 이 앵무새를 '보스(BOSS)' 라고 부르기 때문이지요."

진정한 리더는 자신이 꼭 갖춰야 하는 것이 능력이 아니라 신임이라는 걸 알고, 권리를 행할 줄 알며, 자신보다 더 유능한 자들을 통합함으로써 자신의 가치를 재고한다.

이와 달리 지나치게 많은 능력을 소유한 사람은 항상 완벽주의에 치우친 나머지 무슨 일이든 자기 손을 거쳐야 안심하고, 누구도 자기보다 못하다는 생각에 결국 회사원이나 세일즈맨과 같은 말단에 머물 수밖에 없다.

 ## 길을 에돌다

택시를 탄 승객이 목적지를 말하자 운전사는 이렇게 되묻는 것이었다.

"손님, 제일 가까운 길로 갈까요, 아니면 제일 빠른 길로 갈까요?"

승객이 이해가 안 된다는 듯이 되물었다.

"제일 가까운 길이 제일 빠른 길 아닙니까?"

운전사가 말했다.

"물론 아니죠. 지금은 러시아워여서 가까운 길로 가자면 차가 많이 막혀서 언제 도착할지 장담하기 힘들지만, 조금 에돌아가면 더 빨리 도착할 수가 있거든요."

비즈니스 세계에서도 이런 현상이 자주 발생한다.

흔히 가까운 길일수록 경쟁자가 많고 서로 치열한 이전투구를 벌임으로써 한때는 잘나가던 산업도 부가가치가 떨어지는 분야로 전락한다.

반면, 지금은 별다른 전망이 없어 보이는 분야에 투자한 기업이 수년 후 우뚝 일어서는 경우가 있는데, 이것은 미래를 내다볼 줄 아는 기업인이 길을 에돌아갈 줄 알았기에 성공하는 것이다.

 # 학 다리에 오리 다리를

학과 오리를 기르는 사람이 있었는데, 학 다리는 길고 오리 다리는 너무 짧은 것이 불만스러웠다.

그래서 톱으로 학의 다리 일부를 잘라내어 오리 다리에 이어놓고, 잘라낸 오리 다리를 학 다리에 붙여놓았다.

그러고 보니 학과 오리의 다리 길이가 같아져 그는 몹시 흡족해했다. 그러나 얼마 지나지 않아 학과 오리 모두 죽고 말았다.

어느 기업이나 산업들이 다 합병하고 연맹을 맺을 수 있는 것은 아니다.

무리한 합병은 쌍방 모두에게 해가 된다. 그러므로 그 기업의 특징과 장점이 충분히 발휘될 수 있게 해야 한다. 그것들이 핵심 경쟁력으로 발전할 때만이 합병이 보다 큰 시너지효과를 낼 것이다.

 # 물병

어느 탐사대원들이 끝없는 모래사막에서 강행군을 하고 있었다.

햇볕은 쨍쨍 내리쬐고 따가운 모래바람이 뽀얗게 일렁이는 가운데 대원들에게는 목을 축일 물 한 방울도 남아 있지 않았다. 물은 이제 그들이 사막에서 벗어날 수 있는 믿음의 원천이자 삶의 목표였다.

바로 그때, 대장이 허리춤에서 물병을 꺼내며 말했다.

"여기 물 한 병을 감춰뒀는데, 이 사막을 벗어나기 전에는 아무도 마실 수 없다."

언뜻 보기에도 묵직해 보이는 그 물병은 절망에 가깝던 대원들의 얼굴에 생기와 희열을 안겨주었다.

얼마 후 대원들은 끝내 사막을 벗어나는 데 성공했다. 환희의 눈물이 어우러지는 순간 대원들은 갑자기 그 물병이 생각났다. 그래서 서둘러 물병을 열어보니 스르르 흘러나오는 것은 물이 아니라 모래가 아닌가!

대장이 대원들을 향해 말했다.

"사막에서 모래는 가끔 물이 되기도 하는 거다. 자기 마음속에 샘을 담고 있는 한⋯⋯."

한 기업가가 그 기업의 정신적 지주가 될 수 있는 것은 기업이 곤경에 처했을 때 직원들에게 의욕을 북돋워주고 분투만 하면 도달할 수 있는 아름다운 정상을 그려주기 때문이다.

 ## 개구리 의사

연못가의 개구리가 진료소를 차렸는데, 하루는 엄마토끼와 아기토끼가 찾아왔다.

아기토끼가 손으로 입을 감싼 채 신음했다.

개구리가 물었다.

"이빨이 아파서 그러니?"

아기토끼가 대답했다.

"예, 아파죽겠어요. 빨리 어떻게 좀 해주세요."

"왜 이빨이 그렇게 됐는데?"

아기토끼가 잠시 고민하다가 대답했다.

"아마도 나무를 너무 많이 갉아서 그런 것 같아요."

개구리가 고개를 끄덕이고 나서 진통제를 주며 이렇게 당부했다.

"앞으로는 단단한 물건을 씹지 않도록 하거라."

그러자 아기토끼를 데리고 온 엄마토끼가 '하하' 웃으며 말했다.

"우리 토끼들 이빨은 계속 자라나기 때문에 그 이빨을 갉아버리지 않으면 입을 다물 수가 없어요. 애가 이빨이 아프다고 하는 건 아직 이빨을 갉는 데 적응하지 못해서 그런 거예요. 진통제나 주면 됐지 아이더러 이빨을 갉지 말라고 하면 어쩝니까? 개구리가 의사 노릇을 한다기에 마뜩찮더니, 어쩐지……!"

많은 사람들이 경영상에서 생기는 문제들을 수박 겉 핥기 식으로 너무 쉽게 결론을 내리고 해결책을 내놓는다. 그것은 문제를 더욱 복잡하게 만들 뿐이다.

어떤 경우에도 개구리 의사와 같은 맹목적인 진단은 삼가야 한다.

순결한 백지

한 장의 백지가 말했다.

"난 태어날 때부터 순결하기 때문에 이 순결함을 영원히 간직할 거야. 설사 불에 타서 하얗게 재가 될지언정 그 어떤 불결한 색도 내게 접근하지 못하게 할 거야."

그 말에 잉크병이 내심 코웃음을 쳤지만, 백지에게 접근할 묘안은 없었다. 크레용 역시 백지의 선언에 감히 접근할 생각을 못했다.

그렇게 백지는 그 순결함을 유지할 수 있었다. 하지만 그 순결함은 공허한 것이었다……!

비즈니스는 서로 연합하고 상호 보완하는 것이다. 자기 전통만 고집하고 외부로부터 선진 기법과 이론을 받아들이지 않는다면 순수함은 지킬 수 있을지 몰라도 발전의 기회는 잃고 만다.

 # 우물에 빠진 나귀

늙은 나귀 한 마리가 그만 발을 헛디디며 마른 우물에 빠지게 되었다. 주인인 농부가 뛰어와 온갖 방법을 동원해 나귀를 끌어올리려 했지만 나귀는 몇 시간이 지나도록 빠져나오지 못했다. 농부는 결국 포기할 수밖에 없었다. 나귀도 이제 많이 늙어 그다지 아까울 것도 없었다.

그런데 이런 일이 재발하지 않게 하려면 당장이라도 그 우물을 메워버려야 했다. 하는 수 없이 농부는 마을 사람들을 찾아가 도움을 청했다. 재빨리 우물을 메워 나귀의 고통을 조금이나마 덜어주려고.

얼마 후, 몰려온 동네 사람들이 삽질을 하며 우물을 메우기 시작했다. 우물 안에서는 뒤늦게 자신의 처지를 알게 된 나귀가 처량하게 흐느꼈다.

그런데 의외의 상황이 벌어졌다. 얼마 후에는 나귀의 울음소리가 그치고 잠잠해졌다. 의아해하며 고개를 들이밀고 우물 안을 들여다본 농부는 순간 깜짝 놀랐다. 여럿이 삽질해 퍼넣은 흙이 나귀 등에 떨어질 때마다 나귀의 반응이 놀라웠다. 나귀는 자기 몸을 좌우로 흔들며 그 흙을 전부 털어버리고 있었고, 그 바닥에 떨어진 흙을 밟고 조금씩 조금씩 위로 올라오고 있었다.

그런 식으로 등에 떨어지는 흙을 털어버리고 다시 밟아오기를 거듭하며,

나귀는 아주 득의양양해하며 우물을 빠져나와 사람들을 조롱하듯 달아
나버렸다.

시련과 역경이 닥칠 때마다 그것을 어떤 자세로 대처하느냐가 중요하다.
이때 적극적이냐, 소극적이냐에 따라 그 결과도 달라지는데 적극적인 사
람은 자신이 처한 환경을 이용하고, 소극적인 사람은 환경에 매몰되어버
린다.

회사를 운영하다 보면 가끔 이렇게 '마른 우물'에 빠질 수도 있고, 흙투성
이가 될 수도 있다. 이때 그 '마른 우물'에서 벗어나는 길은 바로 자기 힘
으로 그 '흙덩이'들을 털어버리고, 그것을 딛고 올라서는 것이다!

 # 보검의 운명

명장의 오랜 연마 끝에 세상에 둘도 없는 보검 한 자루가 만들어졌다.
그 보검은 곧 영웅과 단짝이 되었고, 함께 오랜 세월 전장을 휩쓸고 다
니며 혁혁한 공을 세웠다. 그러나 전쟁이 끝난 후 영웅은 넓은 광장 한
복판에 멋진 조각상으로 남았고, 보검은 자루가 떨어진 채 쓰레기통에
버려졌다.

얼마 후 아이들이 쓰레기통을 뒤지다가 그 보검을 찾아냈고, 그것을 고
철장수에게 팔았다. 그리고 고철장수는 다시 농부에게 팔았다. 헐값에
보검을 얻은 농부는 보검에 손잡이를 맞춰 온갖 궂은 일을 다 했다. 그
칼로 겨울에는 나무를 베어 땔감으로 쪼갰고, 봄에는 자작나무 껍질을
벗겨 신발을 만들어 신었으며, 여름에는 집 앞 뒤뜰의 가시넝쿨을 쳐내

어 모기의 성화를 막았으며, 가을에는 싸리나무를 베어다가 울타리를 새로 세웠다. 또한 발 밑에서 덤벼드는 뱀을 그 칼로 내리쳤고, 농부의 아내는 똥 싼 어린애 바지를 그 칼로 꿰들고 강에 나가 휘휘 헹궜다. 그 아들은 보검을 마치 죽마처럼 타고 다니다가 공연히 바윗돌을 마구 내리 치곤 했다……

그렇게 1년쯤 지나자 보검은 온몸이 녹슬고 상처투성이가 되었다.

밤에 고슴도치 한 마리가 보검에게 다가와 말을 건넸다.

"사람들이 그렇게 칭송하던 보검이 바로 너였니? 그 꼴 좀 봐라. 내 몸 에 돋친 가시보다 나을 것도 없는 걸! 부끄럽지도 않니?"

보검이 체념한 듯 맥없이 말했다.

"용사의 손에 있는 것과 농부의 손에 있는 것은 그 용도가 다를 수밖에. 부끄러워해야 할 쪽은 내가 아니라 내 가치를 몰라보는 사람들이지!"

새도 나뭇가지를 골라 앉는 법이다.

'군주가 현명하지 못하면 신하는 다른 임금을 찾아간다'고, 한신은 항우 를 버리고 유방을 찾아가 대업을 성취했다.

보검처럼 빛나는 청춘들이 농부의 손에서 녹슬어가게 하는 일은 절대 없 어야 한다.

 # 창고 안의 손목시계

어느 부자 농부가 양곡을 쌓아둔 넓은 창고를 돌아보다가 그만 값비싼 손목시계를 잃어버렸다. 그 넓은 창고 안을 혼자서 다 뒤진다는 것은 어림도 없는 일이었다. 농부는 현상금 백 달러를 내걸고 농장에 살고 있는 아이들로 하여금 그 시계를 찾게 했다.

현상금에 매혹된 아이들이 저마다 손목시계를 찾기에 여념이 없었다. 하지만 양곡과 볏짚이 널려 있는 창고 안에서 손목시계를 찾는다는 것은 그야말로 모래밭에서 바늘 찾기였다. 해가 지도록 별다른 수확이 없자 아이들은 결국 하나둘씩 현상금을 포기한 채 자기 집으로 돌아가버렸다.

농장에서 제일 가난한 집 아이가 맨 마지막까지 남았는데, 친구들이 모두 돌아갔는데도 계속해서 손목시계를 찾았다. 그 아이에게는 어떻게든 손목시계를 찾아내어 현상금을 받겠다는 마음밖에 없었다.

불빛 한 점 없는 창고 안은 더욱 어두워졌지만, 아이는 포기하지 않고 손으로 바닥을 더듬어나갔다. 그러다가 어느 순간 조용해진 창고 안에서 어떤 소리가 들려왔다.

"재깍, 재깍……!"

틀림없는 시계 초침소리였다. 아이는 동작을 멈추고 귀를 기울였다. 재깍거리는 소리가 한층 더 또렷해졌다. 아이는 천천히 그 소리를 좇아 바닥을 더듬었고, 마침내 손목시계를 찾아내고야 말았다.

사업을 하다 보면 수시로 장벽에 부딪힌다. 결국에는 그 장벽을 어떻게 뛰어넘을 것인가가 관건이다.

성공법칙이란 사실 간단하다. 그리고 성공한 사람이 적은 까닭은 대다수 사람들이 너무 간단하게 생각하는 일을 그들은 꾸준히 해나가기 때문이다. 단순한 것에 유념하라. 이는 성공법칙에서 가장 중요한 덕목 중 하나다.

이야기 속의 가난한 집 아이는 거액의 현상금을 받기 위해 다른 친구들이 모두 포기한 뒤에도 꾸준히 노력한 끝에 성공을 거머쥐었다.

성공은 창고 안 어딘가에 있는 손목시계처럼 당신의 마음속에 있는 것, 진정으로 그것을 찾아내고자 한다면 마음을 가라앉히고 정신을 집중해 단순하게 생각해보라. 그러면 재깍거리는 소리가 분명히 들릴 것이다.

집단을 벗어난 들소

들소떼가 호랑이와 마주치자 비상태세에 돌입했다. 들소들은 즉시 빙 둘러서서 머리는 밖을 향하고 송아지들을 원형 안으로 몰아넣었다.

그런데 유독 엄마들소 한 마리가 새끼 둘을 데리고 밖에서 배회하는 것이었다. 들소들이 일제히 소리쳤다.

"빨리 이리로 와! 우리 모두의 일이잖아!"

그러나 엄마들소는 혼잣말로 중얼거렸다.

"나 자신도 돌보기 힘든 판국에 언제 집단의 일에 신경을 쓰겠어!"

그러고는 자기 새끼들을 데리고 냅다 산골짜기로 뛰었다. 그러자 아무래도 원형 방어막을 공격할 자신이 없었던 호랑이가 그 들소들을 뒤쫓았다.

엄마들소는 아무래도 알 수 없었다.

"왜 저들은 아무 일도 없는데 우리 식구들만 화를 입어야 하는 거지?"

한참 만에 겨우 '집단'이라는 개념이 아리송하게 떠올랐지만 때는 이미 늦었다.

"어이쿠 내 팔자야!"

호랑이가 스멀스멀 웃으며 말했다.

"난 너처럼 개성 있는 소가 좋아!"

단체정신이 부족하고 이기적이며 자아중심적인 사고방식이 강한 사람은 결국 자기만 피해를 입는다.

고양이 인형

수학자와 상인이 함께 이집트 여행을 떠났다.

숙소를 정한 뒤 상인이 혼자 주변 도로를 어슬렁거리다가, 겉을 새까맣게 칠한 고양이 인형을 팔고 있는 노파를 발견했다.

호기심에 상인이 다가가 물었다.

"그걸 얼마에 파십니까?"

한눈에 돈 많은 외국인임을 알아본 노파가 말했다.

"이 인형은 조상 대대로 전해 내려온 진품인데, 우리 집 영감이 갑자기 앓아눕는 통에 내다 팔게 되었소. 관심 있으시면 적당히 생각해서 주시오."

상인은 직업적인 눈썰미로 그 인형을 자세히 들여다보았다. 새까맣게 칠해져 있고 묵직한 걸로 보아 철이나 납으로 만들어진 것 같았고, 값나가는 거라고 해봤자 눈알로 박아넣은 커다란 진주 두 개밖에 없었다.

상인이 노파에게 말했다.

"2백 달러를 드릴 테니 그 눈알 두 개만 뽑아주십시오."

그러자 노파가 무척 안타까운 표정을 지으며 말했다.

"그래도 상관은 없지요. 하지만, 좋은 일 하는 셈치고 백 달러만 더 내고 인형 몸뚱이까지 가져가시구려."

"아니요, 난 눈알만 사겠소."

상인은 곧 2백 달러를 지불하고 인형 눈알만 빼갔다.

여관으로 돌아온 상인은 자신이 얻은 엄청난 횡재를 수학자에게 자랑하며 말했다.

"이것 좀 보시오. 단돈 2백 달러를 주고 산 진주요. 이걸 뉴욕에 가져다 팔면 못해도 최하 천 달러는 받을 수 있을 거요!"

수학자가 진주를 받아들고 살펴보니 물건은 물건임에 틀림없었다. 수학자는 상인으로부터 그 보물을 얻게 된 경위와 그 노파가 있는 곳을 물어보고는 그 즉시 여관 문을 나섰다. 그리고 한참 만에 돌아온 수학자의 손에는 눈알 없는 고양이 인형이 들려 있었다.

수학자가 기쁨에 입을 다물지 못하고 말했다.

"이건 당신이 버리고 온 고양이 몸뚱이인데, 90달러를 주고 사왔소."

상인이 한심하다는 투로 말했다.

"그런 고철덩이를 90달러나 주고 사다니……. 바보멍청이들이나 하는 짓이지!"

수학자가 반박했다.

"대체 뭘 보고 고철덩이라고 단정하는 거요? 인형 눈알이 진귀한 보석으로 만들어졌다면 몸뚱이 역시 진귀한 보물로 만들어져 있지 않겠소!"

수학자가 작은 칼을 집어들고 인형 몸뚱이의 까만 칠을 살살 긁어내자 과연 그 본연의 금빛 바탕이 드러났다. 그 고양이 인형은 순금으로 만들어져 있었던 것이다!

"……!"

수학자가 웃으면서 후회막급한 표정을 짓고 있는 상인에게 말했다.

"눈앞의 이익에만 너무 조급하다 보면 실수를 하게 마련이오. 사물을 전방위적으로 볼 수 없을 뿐더러 창조적인 생각을 할 수 없고 작은 것 때문에 큰 것을 놓치게 되는 법이요!"

지금도 자기를 처음 발견하고 알아줄 보석 같은 인재들이 기다리고 있다.

애초의 충고자

어떤 사람이 아는 집을 방문했다가 이상한 장면을 목격했다. 집주인이 아궁이의 굴뚝을 곧게 세우고, 또 그 옆에다 많은 땔감을 쌓아둔 것이었다. 그것을 못 본 체할 수 없었던 손님이 지적하여 일러주었다. 굴뚝은 굴곡을 줘야 하고, 땔감은 반드시 다른 곳으로 옮겨야 한다고. 그러나 주인은 들은 둥 마는 둥하고 가타부타 말이 없었다.

그런데 며칠 후 그 집에 화재가 발생했다.

불길에 놀란 동네 사람들이 몰려왔고, 모두가 애써준 덕분에 얼마 후 불은 꺼졌다. 그러자 집주인은 고마운 마음에 소와 돼지를 잡아 동네 사람들을 푸짐하게 대접했다. 그런데 며칠 전 그에게 땔감을 옮기고 굴곡을 주어 굴뚝을 세우라고 건의했던 사람만은 초청하지 않았다.

그러자 마을 노인이 집주인에게 말했다.

"만약 그때 그 사람 말을 들었다면 오늘 같은 잔치도 없을 뿐더러 화재로 인한 손실도 없었을 것 아니겠소? 지금 사람들의 도움에 보답하는 이 마당에 그때 당신에게 충고한 그 사람은 부르지도 않고 불 끈 사람들만 상객이 되었으니 참 이상한 일 아니오!"
그제야 집주인은 무언가를 깨닫고 자기에게 충고를 해주었던 그 사람을
모셔왔다.

보통 사람들은 기업 내부 경영과정에서 여러 가지 시급한 일이나 문제점
들을 해결하고 풀어가는 사람을 가장 우수한 리더라고 생각한다. 그런데
이는 단편적인 생각이다.
속담에 '미연의 방지가 사후 치료보다 더 중요하다'는 말이 있다. 미연에
방지하는 것은 문제가 발생한 다음에 해결하는 것보다 훨씬 효과적이다.
기업 내 문제를 예방하고 화근을 없애는 사람이야말로 가장 우수한 문제
해결사라고 할 수 있다.

호랑이와의 상담

옛날에 고을 하나를 소유한 어느 부자는 남부러울 것 없는 부귀영화에
취해 값비싼 가죽옷과 입에 맞는 성찬을 즐기며 태평성대를 구가했다.
한번은 그가 자신의 엄청난 부를 남들에게 과시하고 싶었다. 궁리 끝에
그는 천금이나 되는 가죽옷을 만들어 입으려 했다. 그래서 가죽을 얻기
위해 숲 속의 제왕 호랑이를 집으로 초대하여 제안했다.
"근사한 가죽옷이 필요해서 말인데, 자네의 그 가죽을 좀 벗겨줄 수 없
겠나?"
그러자 호랑이는 부자의 말이 채 끝나기도 전에 산으로 줄행랑을 치는

것이었다.

또 한번은 보다 풍성한 연회를 베풀기로 마음먹고, 양들을 불러 고기를 좀 떼어줄 수 없겠느냐고 물었다. 당연히 양들도 허둥지둥 도망치기 바빴다.

부자는 그렇게 오랫동안 벼르고 별렀지만, 자신이 원하던 일을 하나도 이룰 수가 없었다.

현재 지니고 있는 모든 비밀을 친구에게 털어놓아서는 안 된다. 그 친구가 언제 적으로 돌변할지 모르기 때문이다. 또한 적에게도 함부로 해를 끼쳐서는 안 되는데, 그 적이 언젠가 당신의 친구가 될지도 모르기 때문이다. 자본시장에서는 다양한 형태의 합종연횡이 있을 수 있다. 이때 가장 중요한 원칙은, 뭔가를 모색하려면 절대로 그것과 이해관계가 있는 사람이나 조직과는 상의하지 않는다는 것이다.

교묘한 비평

미국의 제30대 대통령 캘빈 쿨리지는 유난히 말수가 적어서, 사람들은 그를 '침묵의 캘빈'이라 불렀다. 하지만 그 역시 사람을 놀라게 할 때가 있었다.

캘빈은 캐서린이라는 젊은 아가씨를 비서로 두었는데, 아주 예쁘게 생겼지만 업무 처리는 항상 서툴렀다. 어느 날 아침 출근하는 그녀를 보고 캘빈이 말했다.

"캐서린 양, 옷이 참 잘 어울리는군. 자네 외모와 딱 맞는 것 같아."

무뚝뚝하기로 소문난 대통령의 입에서 그런 찬사가 튀어나오자 캐서린은 몸둘 바를 몰라했다.

곧이어 대통령의 다음 말이 이어졌다.

"난 캐서린 양의 일처리 솜씨도 옷차림 못지않게 훌륭하리라 믿어 의심치 않아요."

과연 그날부터 캐서린은 모든 업무에서 매우 세심해졌다고 한다.

한 친구가 그 일을 알고 대통령에게 물었다.

"그것 참 훌륭한 방법인데, 어떻게 그런 생각을 하게 된 겁니까?"

캘빈이 가볍게 미소지으며 대답했다.

"그야 쉬운 일이지. 자네, 이발사가 손님한테 면도해주는 거 알지? 면도하기 전에 왜 비누거품을 바르는지 아나? 면도할 때 아프지 말라고 그러는 것 아니겠나?"

부하직원을 다룰 때에는 비평보다 칭찬과 찬사가 더 효과적이다.

인간은 누구라도 끊임없이 칭찬과 격려를 해줄 때 가장 뛰어난 능력을 발휘한다. 상사로부터 야단을 맞는 것만큼 인간의 향상심을 죽이는 것도 없다. 남의 노력을 진심으로 인정해주고 아낌없이 칭찬해주는 것이야말로 리더가 갖추어야 할 필수 덕목이다.

 ## 항아리의 돌

시간관리 전문가가 어느 대학 경영학과 학생들에게 특강을 나갔다.
전문가는 자신의 주장을 보다 명확히 하기 위해 구체적인 예를 들어 설명했다.
"자, 이 대목에서 퀴즈를 하나 풀어봅시다."
그는 테이블 밑에서 커다란 항아리를 하나 꺼내어 테이블 위에 올려놓았다. 그러고 나서 주먹만한 돌을 꺼내 항아리 속에 하나씩 넣기 시작했다.
항아리에 돌이 가득 차자 그가 물었다.
"이 항아리가 가득 찼습니까?"
학생들이 이구동성으로 대답했다.
"예."
그러자 그는 '정말?' 하고 되묻더니, 다시 테이블 밑에서 자갈을 한 움큼 꺼내들었다. 그러고는 항아리에 집어넣고 항아리를 들어 흔들었다.
주먹만한 돌 사이에 자갈이 가득 차자, 그가 다시 물었다.
"이 항아리가 가득 찼습니까?"
눈이 동그래진 학생들이 '글쎄요?' 라고 대답했고, 그는 '좋습니다' 하더니 다시 테이블 밑에서 모래주머니를 꺼냈다.

그리고 모래를 항아리에 넣고, 주먹만한 돌과 자갈 사이의 틈을 가득 채운 후 다시 물었다.

"이 항아리가 가득 찼습니까?"

"아니요."

"그렇습니다."

강사가 이번에는 물 주전자를 꺼내어 항아리에 물을 부었다.

그런 다음 진지한 표정으로 학생들에게 물었다.

"이 실험의 의미가 무엇이겠습니까?"

한 학생이 즉시 손을 들고 대답했다.

"당신이 매우 바빠서 스케줄이 가득 찼더라도 정말 노력하면 새로운 일을 그 사이에 추가할 수 있다는 것입니다."

"아닙니다."

시간관리 전문가는 즉시 부인했다.

그러고는 이렇게 덧붙였다.

"그것이 요점은 아닙니다. 이 실험이 우리에게 주는 의미는 '만약 당신이 큰돌을 먼저 넣지 않는다면, 영원히 큰돌을 넣지 못할 것이다' 라는 것입니다."

당신의 인생에서 가장 큰 돌은 무엇인가?

사랑하는 이와 즐거운 한때를 보내는 것인가, 아니면 그 어떤 신앙인가, 교육인가, 또 아니면 누군가를 가르치는 것인가?

무엇을 해도 좋다. 한 가지 명심할 것은, 먼저 그 '큰돌' 부터 집어넣으라는 것이다. 뒤로 미루면 미룰수록 집어넣기 힘들어지니까.

활쏘기 수련

일본의 전설적인 오토바이 생산 기업 창업주 혼다는 가난한 대장간 집 아들로 태어나 소학교만 마치고 수리공장의 견습공이 되었다. 상급학교 진학도 못하고 공장에서 온갖 잔심부름을 도맡아했던 그는 자신의 처지를 크게 비관하고 있었다.

그런데 그때 우연찮게 그 공장에 왔던 어떤 아저씨가 어린 그에게 신궁(神弓) 기창의 이야기를 들려주었다.

옛날 중국에 기창이란 명궁이 있었다.

기창이 활을 배울 때 맨 먼저 습득해야 했던 것은 주변이 아무리 움직이

더라도 마음은 절대 동요하지 않게끔 한 곳에 붙잡아두는 것이었다. 이에 그는 아내의 베틀 밑에 누워 실북이 좌우로 부산하게 오가도 눈꺼풀을 깜빡거리거나 눈동자를 움직이지 않도록 2년 동안 훈련했다.

이렇게 마음의 정처를 잡고 나니 이제는 아무리 작은 것일지라도 그것에 몰두하면 커 보이게 하는 훈련이 뒤따랐다. 기창은 남쪽 창 아래 말총에다 이 한 마리를 매어두고 멀리서 그것을 응시하기 시작했다. 세월이 흐를수록 그 이가 점점 커 보이더니 3년이 지나자 수레바퀴만큼 커 보이기까지 되었다.

기창은 이와 같은 자기만의 연마를 통해 훌륭한 명궁이 되었던 것이다. 아저씨가 들려준 그 이야기는 혼다의 인생 행로를 결정짓는 큰 전환점이 되었다. 그래서 혼다도 그 자신의 내부에서 끌어올린 정신의 무한한 가능성과 부단한 기능훈련으로 근대 일본의 성공한 기업가가 되었던 것이다.

혼다는 왼손 엄지와 검지가 절단되는 고통까지 감내하며 자신의 기량을 갈고 닦아 첨단 수송장비 생산에 필수적인 수백 가지의 부속품을 개량·발명해냈다.

기초가 튼튼해야 기량도 발휘되는 법, 활쏘기를 잘하려면 먼저 눈의 힘을 키워야 한다. 마찬가지로 기업 경영도 기본이 되는 기술, 인사, 재무, 업무 등을 장악해야 원대한 발전을 가져올 수 있다.

기업 경영은 흔히 탑 쌓기에 비유된다. 벽돌을 쌓아올리는 데만 급급하여 기초를 제대로 닦지 않으면 탑이 무너질 위험이 있는 것이다.

 날개

날짐승들에게 날개를 달아준 하느님이 그들이 그 날개를 사용하고 있는지 알아보기 위해 회의를 소집했다.

매가 먼저 말했다.

"드높은 창공도 마음대로 날 수 있는데, 어떤 사냥감도 제 눈을 벗어나지 못합니다. 이 날개 덕분에 전 아무 걱정 없이 살고 있습니다."

두 번째로 타조가 말했다.

"전 튼튼한 두 다리로 들판을 내달리는데, 그러다 보니 날개란 놈이 아무짝에도 쓸모없는 짐이 되었습니다."

세 번째로 펭귄이 말했다.

"저는 날개를 지느러미로 사용하고 있습니다. 그래서 바닷물 속에서도 물고기처럼 자유로이 헤엄칠 수 있죠."

그런데 펭귄 뒤에 사람도 한 명 서 있는 것이었다. 하느님이 의아해하며 그에게 물었다.

"넌 날개도 없으면서 여긴 무엇 하러 왔지?"

사람이 말했다.

"하느님께선 비록 저에게 날개를 달아주시지 않았지만, 제 영혼은 저로 하여금 두 발로는 가닿을 수 없는 그 어떤 공간도 자유로이 날아다닐 수 있게 하셨습니다."

하느님이 고개를 끄덕이고 나서 새들에게 말했다.

"내가 너희에게 제일 소중한 날개를 달아주었건만 너희는 그것을 겨우 자기 일신의 안위만을 위해 써왔고, 인간들에게는 비록 날개를 달아주지 않았으나 그들은 영혼을 좇아 날아다닐 줄 아는구나. 이야말로 가장 숭고한 날개가 아니겠느냐?"

인류는 사상을 지님으로써 짐승들보다 고귀한 것이다.

경영자는 다른 사람들보다 더 고민하고, 한 발 앞선 생각을 할 줄 알아야
한다.

훌륭한 경영자는 고객을 창출한다. 그리고 시장까지 창출한다.

 # 캥거루와 울타리

동물원 경비가 우리를 뛰쳐나온 캥거루를 발견하고 회의를 소집했다.
그러자 사람들은 이구동성으로 울타리가 너무 낮다고 말했고, 그래서
울타리를 애초의 10미터에서 15미터로 높이기로 결정했다.

그런데 새 울타리를 설치한 이틀 후에도 캥거루가 또다시 뛰쳐나왔다.
이에 잔뜩 긴장하게 된 동물원 관리사들은 울타리를 아예 30미터로 높
이자고 결정했다.

한편, 동물원 한쪽에서는 기린과 캥거루들이 모여 한담을 나누고 있
었다.

기린이 물었다.

"너희 생각에 인간들이 울타리를 계속해서 높일 것 같니?"

"그야 모를 일이지."

캥거루 한 마리가 가볍게 미소지으며 말했다.

"저들이 울타리 문을 잠그지 않는다면 말이야."

무릇 일이란 '본말', '경중', '환급'이 있다.

여기서 문을 잠그는 것이 '본'이요, 울타리를 높이는 것이 '말'임에도 본을 잊은 채 말을 좇았으니 당연히 요령이 없는 것이다.

관리란 무엇인가? 그것은 먼저 사건의 주요 모순과 부차적인 모순을 분석하고 사건의 본말과 경중, 환급을 정확히 파악하고 나서 중요한 문제부터 풀어나가야 한다.

나무통

싼칭은 집에 참나무로 만든 큰 물통을 가지고 있었는데, 그 나무통으로 우물물을 길어오곤 했다. 길어온 물은 너무 맑아서 나무통 바닥이 훤히 들여다보였고, 참나무 향까지 은은하게 풍겨 물맛이 일품이었다.

이 사실을 아는 사람들은 종종 그 나무물통을 빌리러 찾아왔는데, 그때마다 싼칭은 자신이 그런 나무통을 갖고 있는 걸 자랑스러워하며 군말 없이 빌려주었다.

그런데 한번은 마을에서 술장사를 하는 친구가 나무통을 빌리러 왔다. 그 친구는 아주 가깝게 지내는 친구였으므로 사흘만 빌려쓰겠다는 말에 싼칭은 군말 없이 내주었다.

"괜찮네. 요 며칠 동안은 쓸 일이 없으니까."

술장사를 하는 친구는 약속대로 꼭 사흘 만에 나무통을 돌려주었다. 그런데 그날 저녁 물을 길어오기 위해 나무통을 꺼내보니 글쎄 나무통에서 술내가 진동할 줄이야!

술장사 친구는 꼬박 사흘 동안 그 나무통에 술을 담아두었고, 나무통은 그 사이 완전히 술에 절어서 이제는 그 냄새만으로도 사람을 만취시킬 정도였다.

큰일이었다. 그 나무통으로 물을 길어오면 물에서 술내가 코를 찔렀고, 밀가루를 담아두면 만들어낸 찐빵에서 역한 술 냄새가 났고, 쌀을 담아두면 밥할 때마다 온 동네에 술 냄새가 진동하여 술꾼들이 몰려들었다.

화가 난 싼칭은 끓는 물에 물통을 담가보고, 바람에 말리기도 하고, 불에 쪼이기도 하고, 심지어 대패로 나무통 안쪽을 한 층 깎아내기도 하면서 1년 넘게 애를 써봤지만 아무런 소용이 없었다.

"나무통도 사람과 똑같아서 단 한 번 나쁜 습성을 붙이면 끝장이로구나!"

쌘칭이 술에 푹 절은 나무통을 부숴 아궁이에 처박으면서 내뱉은 말이었다.

나빠지기는 쉬워도 좋아지기는 힘들다. 스스로를 절대 혼탁하게 물들여서는 안 된다.

운명은 그 사람의 성격에 의해 만들어진다. 그리고 성격은 그 사람의 일상생활의 습관에서 만들어진다. 따라서 오늘 하루 좋은 행동의 씨를 뿌려서 좋은 습관을 거둬들여야 한다.

오늘 아침, 이 순간에 그대의 행동을 다스려라. 오늘 그릇된 습관 한 가지를 고친다는 것은 새롭고 강한 성격으로 재출발한다는 것을 의미한다. 새로운 습관은 새로운 운명을 열어줄 것이다.

고약한 냄새나 잘못된 습성은 쉽게 배지만,
그윽한 향기나 올바른 습관은
오랜 시간이 지나야 밖으로 드러난다.

개구리의 법칙
| 감동마케팅 |

서비스업의 별명은 '불만 파악업', '불평 해결업'이다. 그러므로 단순한 서비스 제공만으로 모든 것이 다 된다고 생각해서는 안 된다. 역방향 정보, 즉 손님들이 원하는 것과 현장의 불만을 자기 귀로 직접 들을 수 있도록 늘 마음을 써라.

— 오보시 코지

개구리 법칙

일본 자동차업계에서 16년 연속 판매왕의 영광을 누린 오쿠세이 료지는
판매왕이 되기 전에 날마다 잠재고객 백여 명을 찾아다녔는데, 좀처럼
고객들로부터 거절당하는 일을 두려워하지 않았다.

그가 이렇게 두둑한 배짱과 용기를 갖추게 된 것은 어린 시절에 겪었던
아주 사소한 일 때문이었다.

꼬마 오쿠세이 료지가 한번은 논두렁에서 눈을 부릅뜨고 있는 개구리 한
마리를 발견하고 장난기가 동해 그 개구리를 향해 오줌을 갈겼다. 그런
데 개구리는 눈 한번 끔뻑이지 않고 버티는 것이었다.

"……!"

그 경험은 그가 거절당할 때마다 새삼스럽게 떠오르곤 했는데, 고객들
의 거절은 어릴 적 개구리를 향해 갈기던 오줌처럼, 외압을 버티는 힘이
되어 거절을 아주 태연하게 받아들일 수 있게 해주었다.

인내심과 굳은 의지 없이는 절대 세일즈업계에서 성공을 거둘 수 없다.

이 정도쯤이야...
얼마든지 다
받아주지.

그 어떤 희망이든 자신이 품고 있는 희망을 믿고 인내·극복하는 것이 바로 인간의 용기다.

거절을 두려워 말라. 오히려 거절을 당하라. 거절 때문에 좌절하고 포기해버린다면 그 어떤 결과도, 아무런 변화도 가져올 수 없다.

엘크와 방독면

상품이라면 그 어떤 것도 척척 팔아치우는, 그야말로 만능인 프로 세일즈맨이 있었다. 그는 치과의사에게 칫솔을 팔고 제빵사에게 빵을 파는가 하면, 맹인에게 텔레비전을 팔기도 했다.

한번은 어떤 친구가 그에게 농담조로 이런 말을 했다.

"내 자네 실력은 인정하네만, 자네가 엘크(말코손바닥사슴. 현존하는 최대의 사슴으로, 몸집이 말보다 크다)에게 방독면을 팔 수만 있다면 세상에서 가장 뛰어난 세일즈맨이라는 걸 인정하겠네."

그 말을 들은 세일즈맨은 성취욕이 불타올라 그 길로 불원천리하고 러시아 시베리아 산간지방을 찾아갔는데, 바로 엘크들만 모여 산다는 삼림이었다.

첫 번째 엘크를 만난 세일즈맨이 반갑게 말을 건넸다.

"엘크 선생, 당신에게 꼭 필요한 방독면을 가져왔습니다!"

엘크가 퉁명스럽게 대꾸했다.

"허 참, 이렇게 공기 좋은 산 속에서 방독면이 무슨 소용이란 말이오! 안됐소만 당신은 잘못 찾아온 거요!"

> ● ● ●
> 먼저 자기 자신을 팔고, 둘째 필요를 팔고, 셋째 해결책을 팔고 직접 판매를 마무리지어라. 우리는 진짜 문제에 진짜 해결책을 판다.
> ─델포스 스미스

"하지만, 엘크 선생. 얼마 지나지 않아 당신은 반드시 방독면이 필요하게 될 것입니다."

"허 참……!"

세일즈맨은 그날부터 그곳에다 커다란 공장을 짓는 일에 착수했다.

그 소식을 전해들은 친구가 찾아와 혀를 차며 말했다.

"아무리 그래도 그렇지, 그렇게까지 할 필요가 있나! 난 그저 장난삼아 한번 해본 말인데?"

"염려 말게. 난 장난이 아닐세."

몇 달 후 공장이 완공되어 가동되자 다량의 유해물질이 공장 굴뚝에서 흘러나와 산 속을 가득 채웠다. 그리고 며칠이 안 되어 예전의 그 엘크가 세일즈맨을 찾아와 말했다.

"나한테 방독면이 필요하오."

"거 보시오!"

세일즈맨이 흐뭇하게 웃으며 엘크에게 방독면을 넘겨주었다.

엘크가 방독면을 착용해보고 나서 만족해하며 말했다.

"거참, 신기한 물건이네! 지금 다른 친구들도 방독면이 필요한데, 더 좀 없습니까?"

"당연히 있고말고요. 원하는 대로 죄다 내드리죠."

"그런데 이 공장에선 대체 뭘 생산하는 겁니까?"

엘크의 물음에 세일즈맨이 웃으며 말해주었다.

"방독면이오."

언변으로 고객을 설득할 수 없는 경우가 많다. 똑똑한 세일즈맨이라면 그 필요성을 창조하고 그 수요를 만족시켜줄 수 있어야 하는데, 이것이 단순 전술에서 전략으로 발전하는 지름길이다.

피리 부는 어부

피리 부는 솜씨가 아주 뛰어난 어부가 있었다.

하루는 이 어부가 피리와 그물을 들고 바닷가로 나가, 바위 위에 걸터앉아 열심히 피리를 불기 시작했다. 자신이 부는 아름다운 피리소리를 듣고 물고기들이 떼지어 몰려오리라 기대하면서.

그러나 한참 동안 피리를 불어도 물고기는 그림자 하나 얼씬하지 않았다. 화가 난 어부가 피리를 내려놓고 힘껏 그물을 던졌다. 그런 다음 그물을 끌어올려보니 물고기가 한가득 걸려 있었다.

펄떡거리는 물고기들을 그물에서 떼어 바닥에 팽개치면서 어부가 쾌씸하다는 듯이 투덜거렸다.

"이 무식한 것들아! 그렇게 피리를 불 때는 잠자코 있다가 이제 그만두니까 춤추고 지랄들이냐!"

그러자 물고기들이 말했다.

"흥, 우린 피리소리 따위엔 관심 없단 말이에요!"

과거의 판매원은 어떻게 해서든지 상품을 팔아치우는 역할을 했지만 오늘날의 마케터는 고객의 문제를 해결해주고 고객의 필요를 충족시켜주는 역할을 맡고 있다.

영업전술이라는 것도 결국은 고객을 상대로 한 운영전략의 일환이다. 어떤 고객들을 상대로 전략을 세우는가, 그 고객들한테 어떤 전술을 운용해야 하는가가 중요하다.

 커플사과

몹시 추운 어느 겨울날, 한 노파가 젊은이들이 넘쳐나는 대학로의 한 귀퉁이에서 두 광주리의 사과를 놓고 팔고 있었다.

"사과 사시오, 사과! 한 개에 단돈 천 원!"

그런데 날씨가 너무 추워서인지 행인들 중 누구 하나 거들떠보지도 않았다. 장사도 못한 채 떨고 있는 노파의 모습이 그렇게 측은해 보일 수가 없었다.

그런데 마침 그곳을 지나던 한 대학교수가 노파에게 다가가 잠깐 뭔가를 상의하는가 싶더니, 인근 편의점으로 들어가 빨간 자수용 털실을 사다가 노파와 함께 광주리의 사과를 두 알씩 짝지어 묶었다. 그러고는 이렇게 소리쳤다.

"자, 커플사과 사시오! 한 쌍에 3천 원입니다!"

그러자 지나가던 연인들이 신기해하며 하나둘 몰려들었고, 앞다퉈 댕기로 묶은 사과를 사갔다.

한 개에 천 원 하는 사과 두 개를 짝지어 3천 원에 팔았으니 그만큼 이익도 컸다. 사과 광주리 두 개가 금세 동이 났고, 노파는 교수에게 몇 번이고 감사의 인사를 전했다.

그곳을 지나는 행인들 중 상당수가 연인임을 안 교수는 그들을 상대로 기발한 상상력을 발휘했다. 사과 두 개를 댕기로 묶어 이름도 희한한 '커플사과'를 만들어 비싼 값에 판 것이다.

이렇듯 소비자들의 미묘한 소비심리를 연구하고, 그에 걸맞은 판매전략을 세우는 것이 중요하다.

날개의 기능에 대하여

닭들의 교과서에는 '날개의 기능'이 이렇게 서술되어 있다.

> 날개 : 우리의 몸통 양옆에 붙어 있는 기관으로, 짚더미나 홰 따위에
> 올라갈 때 잠깐씩 활용함.

어느 날 병아리 한 마리가 논두렁에 놀러나갔다가 먼 하늘을 날아가는 기러기를 발견하고 몹시 신기해하는 눈으로 바라보았다.

"생김새는 우리랑 비슷해 보이는데, 어떻게 저리 높이 날 수 있는 거지?"

호기심을 견디다 못한 병아리가 근처 물꼬에서 먹잇감을 찾고 있던 기러기에게 물어보았다. 그러자 그 기러기는 이렇게 말해주었다.

"문제는 관념의 전환이라고 할 수 있지. 제아무리 날개를 갖고 있더라도 날려고 하지 않는데, 그게 무슨 소용이겠니?"

"아, 그렇군요!"

그날부터 병아리는 자신도 하늘을 날아보겠다고 마음먹고 실천해보기로 했다. 체중을 가볍게 하기 위해 모이도 절제해가면서 열심히 날갯짓 연습에 몰두했다.

그런데 병아리의 행동이 순식간에 소문나면서 닭들의 우두머리인 수탉의 귀에까지 전해졌고, 수탉은 그 병아리의 말 한마디 들어보지 않고 무리에서 축출해버렸다. 하지만 병아리는 그 모든 난관을 극복하고 마침내 기러기처럼 하늘을 날 수 있게 되었다.

얼마 후, 그 병아리가 한번은 자기가 원래 살았던 지상의 닭장 위를 지나게 되었다. 때마침 닭장 문 앞에는 갖가지 논문이 덕지덕지 붙어 있었

는데, 그 내용은 이러했다.

- 하늘을 나는 행위의 위해성(危害性)에 대하여.
- 닭으로서 공중비행을 연습하는 행위는 명백한 사회혼란 범죄임.
- 날개의 보온기능에 대해 논하다.

거기에는 닭 과학자들의 연합서명까지 빽빽이 적혀 있었다.
더욱 서글픈 일은 새로 태어난 병아리들 모두 날개가 잘린 채 닭장에 갇혀 쌓거나 먹고 알 낳을 줄 밖에 모르게 되었다는 점이었다.

고정관념이야말로 많은 영업자들이 유능한 세일즈맨으로 재탄생하는 것을 방해하는 거멀못이다.
현장의 영업자들이 새로운 아이디어를 생각해냈을 때, 그것을 창의적으로 계발하고 권장하려는 분위기가 필요하다.
감히 도전해보지 못한 사람들은 아무것도 못한다. 고정관념에서 벗어나라. 행동하면서 생각을 정리하라. 창조의 힘으로 도전하라.
낡은 관념을 깨뜨리고 창의적인 수단을 창조하는 것이야말로 가장 획기적인 블루오션이다.

 # 오아시스로 가는 길

여우가 사막에서 길을 잃고 헤매다가 늑대를 만났다.
"선생, 혹시 오아시스로 가는 길을 아시오?"

늑대가 대답했다.

"나도 지금 그 길을 찾고 있는 중이오."

여우는 늑대가 가지고 있는 물통을 보며 사정했다.

"혹시 그 물통을 나한테 넘겨주지 않겠소? 그럼 내가 가진 5캐럿짜리 다이아몬드를 드리리다."

늑대가 흔쾌히 응했다.

"좋소, 그렇게 합시다!"

그로부터 이틀 후 그들은 간신히 오아시스로 향하는 길을 발견했는데, 늑대는 이미 자기 물을 몽땅 마셔버린 상태였다.

탈진해 쓰러지기 일보직전이 된 늑대가 여우에게 간절히 애원했다.

"여우 선생, 나한테 물을 좀 나눠주시오!"

여우가 말했다.

"물론이오. 하지만 그 대가로 내 다이아몬드는 물론이고 당신이 가지고 있는 그 황금주머니까지 내게 줘야 할 거요."

늑대는 할 수 없이 여우의 제안을 들어줘야 했다. 물 한 통으로 큰 부자가 되었지만, 정작 나중에는 목숨을 부지하기 위해 더 많은 값을 치른 것이다.

남들이 거들떠보지도 않는 상품을 어떤 사람은 왜 큰 비용을 지불하고라도 얻으려 할까? 한끼 식사비용은 아낄 줄 모르는 사람이 왜 어떤 물건을 살 때에는 돈 백 원을 못 깎아서 안달할까?

해답은 의외로 간단하다. 고객이 어떤 상품을 사느냐 마느냐 하는 관건은 그 상품이 고객에게 어느 정도로 수요되고 상품의 가치를 얼마만큼 인정하느냐에 달려 있다.

상품 판매는 도전적이고 지혜로움을 필요로 한다. 세일즈에 성공하려면 반드시 상품의 특성과 고객의 개별적인 취향을 충분히 파악해 상품의 특성을 고객의 특별한 수요로 전환시켜야 한다. 그래야만 고객의 관심을 끌 수 있고 상품의 필요성을 인식시킬 수 있다.

 집 한 채

한국 여자와 미국 여자가 죽어서 염라대왕 앞에 갔다.

염라대왕은 두 사람에게, 이승에서 살면서 가장 즐거웠던 추억에 대해 말해보라고 했다.

한국 여자가 자랑스럽게 말했다.

"저는 평생 고생고생해 번 돈으로 결국에는 집을 한 채 마련했습니다. 그만하면 후회 없는 삶을 살았다고 할 수 있지 않을까요?"

이번에는 미국 여자 차례였다. 그녀 역시 매우 흡족한 표정으로 이렇게 말했다.

"저는 평생 좋은 저택에서 살았는데, 죽기 직전에야 그 집값을 다 지불할 수 있었습니다."

염라대왕이 탄식하며 말했다.

"똑같은 일을 가지고도 마음의 선택이 이렇게 다르구나. 그러니 그 효과를 논해서 무엇하리……!"

뒤떨어진 소비의식은 새로운 시장 창출에 분명한 장애가 될 수 있다. 하지만 잠재적인 욕구의 저변은 확실히 풍부한 토양으로 봐야 한다. 창의적인 판매방식으로 아직 잠재되어 있는 소비욕구를 발굴하고 만족시킬 수 있어야 한다.

두 개의 시선

한 중국 상인이 큰 도시로 일을 보러 나갔다가 자기 친구의 생일이 얼마 남지 않았다는 데 생각이 미쳤다. 상인은 뭔가 특별한 생일선물을 주고 싶은 마음에 망설이다가, 문득 그럴싸한 생각이 떠올랐다.

'품위를 생각해서라도 너무 평범한 것은 좀 그렇겠지?'

그러고는 좀 비싸더라도 어떤 의미가 담긴 그림 한 점을 고르기 위해 화랑 앞을 기웃거렸다.

"주인장 계십니까?"

그가 가게 안으로 들어서자 남루한 옷차림의 노인이 졸고 있다가 손님을 맞았다.

"무슨 일로 오셨수?"

"그림 한 점 주문하려고요. 친구 생일선물로 좀 특별하고 의미가 담긴 그림이었으면 하는데……."

노인이 상인의 위아래를 한번 훑어보고 나서 물었다.

"당신 생각에는 어떤 그림이 특별하고 의미가 있을 것 같소?"

사실 그 상인은 그림에 관해서는 문외한이었다. 노인의 말에 미처 할말을 찾지 못하다가 간신히 자기 생각을 말했다.

"모란 그림은 어떨까요? 모란이야말로 부귀영화를 뜻하고, 또 의미 전달도 간단명료하지 않습니까!"

노인은 그제야 말귀를 알겠다는 듯이 고개를 끄덕이고 나서 즉석에서 모란 그림 한 폭을 그려주었다.

며칠 후 친구의 생일파티에 초대된 상인은 그 자리에서 선물로 가져간 모란 그림을 펼쳐 보였다. 그러자 그림을 본 사람들 모두 생동감 있는 작품이라며 찬사를 아끼지 않았다. 상인도 흡족해하며 한시름 마음을 놓았다.

그런데 딱 한 사람은 마치 새로운 발견이라도 한 듯이 그림의 특정 부분을 가리키며 말했다.

"여길 좀 보시오. 이 부분은 정말 성의가 없군. 맨 위에 있는 이 모란은 좀 이상하지 않소? 이건 '부귀부전(富貴不全)', 즉 '불완전한 부귀'를 의미하는 것 아니겠습니까?"

그러자 사람들 모두 맨 위의 모란을 살펴보더니 정말 성의 없는 그림이라고 쑥덕거렸다.

상황이 이렇게 되자 괴로운 사람은 당연히 그 그림을 선물한 상인이었다. 자기 딴엔 성의껏 준비한 선물이 사람들 앞에서 망신만 당하게 됐으니 입이 열이라도 할말이 없었다. 왜 그림을 미리 꼼꼼히 살펴보지 않았을까 하는 자책감 때문에 고개를 들지 못했다.

바로 그때였다. 여태껏 잠자코 있던 주인이 한 발 앞으로 나서더니 자기 친구인 상인에게 두 손을 모아 깊은 사의를 표했다.

"?"

사람들은 영문을 몰라 지켜보기만 할 뿐이었고, 주인이 천천히 입을 열었다.

"보시다시피 맨 위에 그려진 모란은 그 테두리를 마저 그려넣지 않았습니다. 여러분도 잘 아시다시피 모란은 '부귀영화'를 뜻하지요. 그런데

정말 훌륭한 작품이군요.
게다가 평범한 눈으로는
헤아릴 수 없는
심오한 의미까지 담겨 있을
줄이야!

제가 선물받은 이 부귀영화는 '무변(無邊)'이 아닙니까? 즉 '부귀무변(富貴無邊)', '끝간 데 없는 부귀'를 뜻하지요!"

참으로 기막힌 발상이었다. 사람들 모두 그의 해석에 감탄하며 아낌없는 갈채를 보냈고, 그야말로 깊은 의미를 담고 있는 빼어난 작품이라고 혀를 내둘렀다.

상품은 고객 스스로 감지하는 것이다. 어떤 상품이라도 고객에 따라 서로 다른 해석과 대응이 가능하다.

세일즈맨의 역할은 고객에게 상품을 올바르게 홍보해 그들로 하여금 상품에 대한 합리적인 해석을 내릴 수 있게 안내하고, 결국에는 선택할 수 있게 권유하는 것이라 할 수 있다.

사막을 벗어나는 법

사면이 모래로 뒤덮인 타클라마칸 사막 한가운데에 작은 부락이 있었는데, 그들은 수천 년 동안 작은 오아시스를 지키고 살아왔다.

바깥세상으로 나가보려는 시도도 몇 번 있었지만, 그때마다 항상 원점으로 돌아와서 사람들은 영원히 그곳을 벗어날 수 없다고 생각했다.

한번은 그 부락에 낯선 탐험가가 나타났다.

"어쩌다가 여기까지 오게 되었는데, 이 사막을 벗어나려면 어디로 가야 합니까?"

부락민들이 그를 빙 둘러싸고 중구난방으로 말했다.

"이 사막은 벗어날 수가 없소."

"맞소. 여길 떠나면 죽음뿐이오."

"암, 지난 수천 년 동안 이곳을 벗어난 사람이 아무도 없지!"

그러나 탐험가는 부락민들의 말을 애써 무시하고 묵묵히 길을 떠났다.

사막에서 방향을 잃는다는 것은 곧 죽음이었다. 탐험가는 무더운 낮에는

모래언덕 아래서 쉬다가, 밤이 되면 북극성을 바라보며 길을 재촉했다.

일단 한번 방향을 잡고 나자 사막을 벗어나기는 아주 쉬운 일이었다. 탐

험가는 사흘 만에 별다른 어려움 없이 그 사막을 벗어날 수 있었다.

마케팅 분야에서 가장 금기시해야 하는 두 가지가 있다. 무모하게 대드는

것과, 스스로를 낡은 관념 속에 묶어두는 것이다.

정확한 방법 없이는 영원히 헤맬 수밖에 없고, 케케묵은 원칙들만 준수하

다간 창의적인 마인드의 싹을 틔울 수 없다.

술집 개가 사나우면

당나라 때 항저우 성곽 바깥에 주막이 하나 있었는데, 주인이 성실하고 술맛이 좋아서 단골들의 발길이 끊이지 않았다.

그런데 이상하게도 언제부턴가 손님들의 발길이 뜸해졌고, 그렇게 시간이 지나다 보니 팔리지 않은 술이 다 쉬어버렸다.

갑자기 손님들이 줄어든 까닭을 도무지 알 수 없었던 주인은 그 마을에 사는 노인을 찾아가 조언을 청

> • • •
> 서비스업의 별명은 '불만 파악업', '불평 해결업'이다. 그러므로 단순한 서비스 제공만으로 모든 것이 다 된다고 생각해서는 안 된다.
> 역방향 정보, 즉 손님들이 원하는 것과 현장의 불만을 자기 귀로 직접 들을 수 있도록 늘 마음을 써라.
>
> ─오보시 코지

했다.

이야기를 다 듣고 난 노인이 말했다.

"술손님이 줄어든 건 자네 집에서 기르는 개가 너무 사나운 탓이라네."

"?"

"누가 개한테 물릴 위험까지 감수해가면서 자네 주막을 찾아가 술을 사 먹겠나? 술이 쉬는 것도 당연지사지!"

시장에서도 개가 사나워서 술이 쉬는 경우를 종종 볼 수 있다. 고객을 무시하는 듯한 주차요원의 태도나 경비원의 불친절, 불필요한 언쟁을 일삼는 매장직원 등등. 사나운 맹견들이 버티고 서 있는데, 손님들이 무엇 때문에 그 매장을 찾겠는가?

 침향목

어떤 상인이 멀리 인도에서 건너온 침향목(沈香木, 주로 인도에서 자생하는 귀한 나무로 고급 향품香品의 재료로 사용된다)을 수레에 가득 싣고 시장에 나가 팔았다. 그런데 가격이 너무 비싸서 아무도 사가지 않았다.

바로 그 옆에서는 숯장수가 숯을 팔고 있었는데, 값이 싸서 그런지 부리나케 팔려나갔다.

숯이 그렇게 잘 팔리는 것을 본 상인은 매우 초조한 마음에 이 생각, 저 생각을 하다가 마침 좋은 방법을 떠올렸다.

얼마 후 그 상인은 자신이 갖고 있던 침향목을 몽땅 숯으로 구워 팔았는데, 정말 눈 깜짝할 사이에 팔려나갔다.

상업행위의 목적은 상품을 적당한 가격에 수요하는 고객에게 파는 것으로, 거래당사자인 상인에게 이윤이 남아야 한다.

상품을 파는 것이 목적이라지만 얻는 것보다 잃는 것이 더 많은 엉터리 짓은 하지 말아야 한다.

 용 잡는 기술

한 청년은 자신만의 특출한 재주를 익히고 싶어 안달이었다.

그러던 그가 하루는 어느 먼 고장에 용을 맨손으로 사로잡는 재주를 가진 도인이 있다는 소문을 들었다.

"그래, 바로 이거다!"

청년은 즉시 가진 재산을 처분해 학비를 마련한 다음, 그 도인을 찾아가 3년 동안 용 잡는 기술을 익혔다.

재주를 다 익히고 난 그는 서둘러 용을 찾아보았지만, 용은 그림자도 찾아볼 수 없었다. 그렇게 온 정성을 다해 배웠건만, 청년은 결국 자신의 재주를 한 번도 써먹을 기회가 없었다.

상업이란 결국 실천 위주의 경제활동이다. 영업에 적용할 수 없는 그 어떤 뛰어난 재주를 지니고 있다 해도 아무런 소용이 없다.

금으로 만든 낚시코

제(齊)나라에 어떤 낚시꾼이 있었는데, 그는 낚시를 매우 신성한 행위로 여겼다. 그래서 낚싯바늘을 황금으로 만들고, 낚싯대에도 귀한 옥돌을 박아 장식하고, 낚싯줄에도 화려한 깃털을 잔뜩 달아놓았다. 게다가 계수나무 열매를 미끼로 썼는데, 그것은 아주 귀한 향료였기 때문에 물고기들이 아주 좋아할 것이라고 생각했다.

이렇게 만반의 준비를 갖춘 그는 낚시터로 나가서도 유난을 떨었다. 낚싯대를 드리우는 자세 역시 허투루 해서는 안 된다며 높이 치켜들고 마치 신선이 길을 가리키듯, 선녀가 하강하는 듯한 우아한 자세를 취했다.

하지만 그날 해가 다 기울도록 물고기는 그림자 하나 얼씬하지 않았다.

> • • •
> 시장은 제대로 적응하지 못하는 기업을 밖으로 차내는 '보이지 않는 발'을 지니고 있다.
> — 랑 그로와

판매기술과 테크닉도 중요하지만, 그런 형식만 추구하다 보면 고객들의 관심을 얻을 수 없다.

장사가 더 잘되는 비결

중국 톈진의 어느 거리에 나란히 죽을 파는 두 가게가 있었는데, 날마다 드나드는 손님 수가 엇비슷했다.

그런데 이상하게도 저녁에 그날의 수입을 정산해보면, 항상 왼쪽 가게가 오른쪽 가게보다 10만 원 정도가 더 많았다. 한 마케팅 전문가가 이 사실을 알고 까닭을 알아보려고 먼저 오른쪽 가게에 들어가보았다.

손님을 반갑게 맞이한 종업원 아가씨가 미소 띤 얼굴로 주문을 받았다.

"계란을 넣을까요, 넣지 말까요?"

전문가가 넣어달라고 하자 이윽고 계란 한 알을 넣은 죽이 올라왔다.

그 아가씨는 가게로 들어오는 손님들마다 반갑게 맞으며 똑같이 물었다. '계란을 넣을까요, 넣지 말까요?' 하고.

그러면 계란을 넣어달라는 손님도 있고, 넣지 말라는 손님도 있었는데 그 비율이 거의 반반이었다.

전문가는 그 가게를 나와 이번에는 왼쪽 가게로 들어가보았다.

종업원 아가씨가 역시 웃음 띤 얼굴로 반갑게 맞더니 물었다.

"계란을 한 알 넣을까요, 아니면 두 알 넣을까요?"

전문가가 웃으며 대답했다.

"하나만."

그렇게 아가씨는 손님들마다 똑같이 '한 알 넣을까요, 두 알 넣을까요?' 하고 물었다. 그러면 두 개를 넣어달라는 손님도 있고, 또 전문가처럼 한 알만 넣어달라는 손님도 있었다. 간혹 넣지 말라는 손님도 있었지만 극히 적었다.

이것이 왼쪽 가게가 오른쪽 가게에 비해 더 많은 매출을 올리는 비결이었다.

고객에게 선택의 여지를 주는 동시에 자신에게 보다 유리한 여지를 남겨 둬야 소리 없이 이길 수 있다. 판매란 수단도 수단이겠지만 더욱 중요한 것은 소비자의 심리를 잘 파악하는 일이다.

잔등의 말파리

1860년 미국 대통령에 당선된 링컨은 선거 때 자신의 경쟁자였던 윌리엄 슈어드를 국방장관에 임명했다.

많은 사람들이 그 임명을 반대했다. 설사 실력이 탁월할지라도 그는 엄연한 정적이었다. 오죽하면 사람들이 그를 가리켜 '대통령 병 환자'라고 조롱했겠는가.

그러자 링컨은 자신을 염려하는 동료들에게 이런 이야기를 들려주었다.

"시골에서 살아본 사람이라면 누구나 말파리를 잘 알 걸세. 한번은 내가 형과 함께 옥수수 농장에서 밭을 갈고 있었지. 내가 말을 몰고 형은 쟁기를 잡고 말이야. 그 말은 하필 아주 게으른 놈이었는데, 이놈이 무슨 영문인지 갑자기 불에 덴 놈처럼 내달리다시피 하는 게 아닌가. 미처 따

앗, 따가워!

잔등에 달라붙은 말파리 한 마리가
잠든 당신을 깨워 일터로 내보내기도 한다.

라가기도 힘들 정도로 말야. 한 이랑을 갈고 나서 보니 녀석의 잔등에 커다란 말파리 한 마리가 붙어 있더군. 내가 그 말파리를 떼어냈더니 형은 그걸 왜 떼어내느냐고 하더군. 내가 말이 아파할까봐 그랬다고 하자 형은 날 이렇게 책망하더군. '그 말파리 때문에 이 게으른 놈의 동작이 빨라지면 좋은 것 아니냐'고."

링컨이 친구들을 둘러보며 말을 이었다.

"만약 지금 윌리엄의 잔등에 '대통령 병'이라고 하는 말파리가 딱 달라붙어 그로 하여금 열심히 뛰게 한다면 내가 왜 그 말파리를 떼어내겠는가?"

비즈니스 세계에서 수직 진급을 꿈꾸는 사람은 흡사 말파리한테 물린 말과 같다. 그런 사람들을 잘 부릴 줄 안다면 업무 효율성도 훨씬 높아질 것이다.

잔디 깎는 소년

일당을 받고 남의 집 정원을 관리하는 소년이 어떤 집에 전화를 걸었다.

"안녕하세요, 부인. 혹시 잔디 깎을 사람이 필요하지 않습니까?"

집주인이 대답했다.

"미안하지만, 우리는 이미 깎아주는 사람이 있는데?"

소년이 다시 말했다.

"저는 잔디뿐만 아니라 화단의 잡초도 뽑아드릴 수 있습니다."

"그건 지금 일하는 아이도 잘 해주고 있어요."

소년이 재차 힘주어 말했다.

"저는요, 정원수 주변의 잡초도 깨끗이 깎아드립니다."

"우리 집에 다니는 아이가 그것도 아주 잘 해주네요. 미안합니다만, 우린 다른 사람 손이 필요없어요."

부인의 말에 더 이상 할말이 없어진 소년이 수화기를 내려놓았다.

그때 곁에서 듣고 있던 동료아이가 물었다.

"그 집은 네가 죽 도맡아온 집이잖아! 근데 왜 새삼스레 전화를 하고 그래?"

소년이 말했다.

"응, 내가 일을 어느 정도나 해주고 있는지 한번 확인해보고 싶어서!"

고객들의 평가를 수시로 확인해봐야 서비스의 부족한 점을 찾아낼 수 있다.

>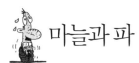

마늘과 파

옛날에 중국 무역상이 마늘 두 자루를 가지고 사막을 건너 터키로 갔다. 그러자 난생처음 마늘을 접한 터키인들은 맵고 자극적인 그 맛에 홀딱 반해버렸다. 그래서 그 신비한 물건을 전해준 상인을 후하게 대접했고, 그가 돌아갈 때에는 황금 두 자루를 선물로 주었다.

얼마 후 그 소식을 전해들은 다른 상인은 매우 기발한 발상을 했다.

"마늘을 그 정도로 좋아한다면 아마 파도 무진장 좋아할 거야!"

사이드 노트:
> • • •
> 단순히 고객을 만드는 데 그치지 말고, 친구를 만드는 데 초점을 맞춰야 한다.
> —수잔 쇼 산토로

상인은 그 즉시 나귀에 파를 잔뜩 싣고 사막을 건너 터키로 갔다.

과연 터키 사람들에게는 그 파도 난생처음 보는 물건이었고, 마늘보다 맛있고 귀한 상품이라고 생각했다. 그래서 상인을 이전의 상인보다 훨씬 더 환대해주었다. 그리고 그 고마움을 황금으로는 이루 다 표현할 수 없다고 생각하여, 오랜 논의 끝에 마늘 두 자루를 선물로 주기로 했다.

잠재된 고객의 수요를 가장 먼저 만족시킬 수 있는 사람이 기회를 잡는다. 기동성이야말로 비즈니스 세계에서 가장 강력한 무기다. 남의 뒤꽁무니를 좇으며 흉내만 내다가는 고작 '마늘'이나 얻을 뿐이다.

가능하다

미국의 시골마을에 외동아들을 둔 노인이 있었는데, 어느 날 낯선 사내가 불쑥 찾아와 말했다.

"영감님, 영감님의 아들을 도시로 데려갈까 합니다."

노인이 뜬금없이 무슨 소리냐며 화를 냈다.

"실없는 소리 그만하고 가보시게나!"

"제가 며느릿감을 찾아드린다 해도 싫으십니까?"

"안 돼! 대체 뭘 믿고? 어림없는 소리!"

"그 며느릿감이 록펠러의 딸이라 해도요?"

"엥? 누구라고?"

석유왕 록펠러의 딸을 자기 집 며느리로 들일 수 있다는 말에 노인도 마음을 움직일 수밖에 없었다.

며칠 후, 그 남자는 다시 록펠러를 찾아갔다.

"제가 회장님 따님과 잘 어울릴 만한 신랑감을 물색해왔습니다."

록펠러가 딱 잘라 말했다.

"허튼 수작 집어치우고 나가게!"

"그 신랑감이, 회장님의 사위가 될 사람이 세계은행(IBRD) 부총재라고 해도 싫으십니까?"

"자네 그게 무슨 소린가?"

결국 록펠러도 동의했다.

며칠 후, 그 남자는 또다시 세계은행 총재를 찾아가 말했다.

"총재님, 지금 당장 부총재를 한 명 임명하셔야겠습니다."

총재가 고개를 가로저었다.

"그럴 순 없소. 지금도 부총재가 남아도는데, 무엇 때문에 한 명을 더 늘린다는 거요? 그것도 지금 당장이라니?"

남자가 총재의 얼굴을 빤히 쳐다보면서 물었다.

"부총재 후보가 록펠러의 사위라도 마다하실 겁니까?"

궁하면 통한다고, 열심히 묘안을 짜내고 부딪치다 보면 안 될 일이 없다.

 # 단 한 명의 승객

도쿄발 런던행 보잉 747기에는 3백52개의 좌석에 20명의 승무원이 탑승하는데, 한번 비행하는 데 드는 비용이 1천4백만 엔이나 되었다.

> ● ● ●
>
> 결정의 90퍼센트는 감성에 근거한다. 감성을 동기로 작용한 다음, 행동을 정당화하기 위해 논리를 적용한다. 그러므로 설득을 시도하려면 감성을 지배해야 한다.
>
> —데이비드 리버만

그런데 이 비행기가 한번은 단 한 명의 여자 승객만 태우고 비행하는 초유의 기록을 남겼다. 항공사는 무슨 이유로 이렇게 밑지는 장사를 했을까?

영국 항공회사 소속의 이 대형 여객기는 기술 고장으로 예정 이륙시간을 20시간 넘게 연착하게 되었다. 상황이 이렇게 되자 승객들이 다른 비행기로 갈아탔는데, 그러지 못한 단 한 명의 승객이 있었다. 그들은 하는 수 없이 영국 항공회사 여객기 조례에 따라, 엄청난 비용을 손해보면서도 끝까지 신용을 지켜냈던 것이다.

기분 좋은 오답

어떤 회사에서 총무사원을 한 명 뽑는다는 구인광고를 냈고, 최후로 세 명의 응시자가 남았다. 그 셋 가운데 한 명을 뽑기 위해 필기시험을 치렀는데, 회장이 직접 그들을 대했다.

시험문제는, 회사에서 볼펜 2천 자루를 구입하려면 총 얼마가 드느냐는 것이었다. 몇 분 후 세 명 모두 답안지를 제출했다.

첫 번째 사람의 답안지에는 총 120달러라고 적혀 있었다.

회장이 물었다.

"어떻게 해서 이런 계산을 했는가?"

"볼펜 2천 자루를 구입하는 데 100달러 정도 들 것이고, 기타 비용이 20달러 정도일 것입니다."

그 말에 회장은 별다른 반응이 없었다.

두 번째 사람은 110달러라고 썼다. 그 답안에 대한 해석은 볼펜 2천 자루는 100달러 정도, 기타 비용은 10달러 정도 들 것 같다는 것이었다. 회장은 이번에도 그냥 넘어갔다.

그런데 세 번째 청년의 답안지에는 108.3달러라고 적혀 있었다.

회장은 매우 놀랍다는 표정이었고, 그는 이렇게 말했다.

"볼펜 한 자루가 5센트니까 2천 자루면 100달러입니다. 그리고 회사에서 볼펜 공장까지 왕복하는 버스비는 4.8달러입니다. 그리고 점심값 2달러, 공장에서 버스정류소까지는 반 마일 정도니까 물품을 정류소까지 나르는 운반비용으로 1.5달러. 이렇게 해서 총 108.3달러가 듭니다."

"자넨 틀렸네!"

"예?"

회장이 말했다.

"볼펜 구입비용 산출도, 부대비용도 모두 틀렸단 말일세."

회장이 회심의 미소를 지으며 말했다.

"볼펜 2천 자루 정도면 대량구매로 볼 수 있고, 따라서 우리 구매부에서 5센트보다 훨씬 할인된 가격에 구입할 수 있을 것이고, 전화 한 통화면 그쪽에서 배달해줄 테니 부대비용도 모두 절감할 수 있지."

"……!"

청년은 고개를 떨구었지만, 회장은 당연하다는 듯이 그 청년에게 악수를 청했다.

오늘날 경험을 통해 배우는 것은 그 비용이 너무 비싸다. 다른 사람의 경험으로부터 배운다면 훨씬 빠를 뿐만 아니라 비용도 적게 들 것이다.

신발 광고

1940년대 중국 난징에 한 신발가게가 있었는데, 생긴 지 오래되었지만 손님은 많지 않았다. 가게 사장은 그 즈음 상점들이 광고를 써붙이는 게 유행인 것을 알고 자기도 광고를 해보려 했다. 그런데 어떤 광고를 하는 것이 효과적일까?

사장이 사무실에서 왔다갔다하고 있는데, 경리가 자기에게 좋은 생각이 있다고 했다.

"돈을 좀 들여서 큰 신문에 광고를 하는 겁니다. 첫날에는 커다란 물음표만 달고 그 밑에 작게 '자세한 것은 내일 신문을 보십시오'라고 쓰고, 이튿날도 첫날과 똑같이 하고, 사흘째 되는 날에는 이렇게 쓰는 겁니다. '세 사람이 길을 가면 스승이 있게 마련이고, 세 사람이 길을 가면 우리 신발이 있게 마련이다. ―○○신발!'"

물음표 하나로도 고객의 관심을 끌어들이는 창의적 마케팅!

좋은 아이디어라고 생각한 사장은 그 제안을
받아들여 즉시 광고를 냈다.

광고가 나가자 많은 사람들의 호기심을 끌었
고, '○○신발' 하면 누구나 다 알 정도로
장사가 잘됐다. 그 결과 엄청난 매출 신장을
기록했을 뿐더러 이후 모자업, 피혁 장신구
사업까지 확장해 명성을 떨쳤다.

창의성은 기업의 필수조건이다. 치열한 경쟁 속에서 우뚝 서려면 고정관
념을 버리고 고객의 입장에서 생각할 줄 알아야 하며, 창의성이 있어야
한다.

> ● ● ●
> 제품의 가격을 낮추는 데는 한
> 계가 있다. 그러나 부가가치를
> 높이는 데는 한계가 없다. 상
> 상력의 한계가 곧 부가가치의
> 한계인 것이다.
> —마틴 소렐

 # 고객 한 명을 잃은 손실

미국마케팅협회(AMA)에서 조사한 바에 의하면, 68퍼센트의 기업이 고
객을 잃는 주원인으로 봉사의 양과 질 때문이라고 한다.

어떤 부인이 매주 정기적으로 슈퍼마켓에 가서 일용품을 구입했는데, 3
년 동안 그 슈퍼마켓을 애용한 부인이 한번은 그곳 점원의 서비스 태도
가 눈에 거슬려 더는 그곳을 찾지 않았다.

그 부인은 12년이 지나서야 겨우 그 슈퍼마켓에 들러, 주인에게 자신이
그동안 발길을 끊은 이유를 말해주었다. 그러자 주인은 부인의 충고를
열심히 귀담아듣고 나서 진심으로 사과했다.

그리고 부인이 가고 난 뒤 한번 계산해보았다. 만약 그 부인이 매주 한

번씩 자신의 가게를 찾아와 25달러어치의 물품을 사갔다면 12년 동안 1만5천6백 달러어치를 사갔을 것이다.

12년 전 직원의 사소한 소홀함 때문에 슈퍼마켓은 무려 1만5천6백 달러라는 영업손실을 입은 것이다!

단골고객을 확보하는 것이야말로 고객관리이론의 핵심이다. 그 관건은 오직 하나, 서비스 정신으로 무장하고 또 무장하는 것이다.

상품관리, 고객관리 등 무슨 일이든 상대방의 입장에 서면 팔리지 않던 상품이 팔리게 되고, 설득할 수 없었던 고객을 설득할 수 있게 된다.

새끼물고기가 알아준다

폭풍우가 휩쓸고 지나간 날 아침, 바닷가를 산책하던 남자가 한 꼬마아이를 발견했다. 아이는 썰물이 빠져나간 물웅덩이 앞에 무릎을 꿇고 앉아 그 안에 갇힌 새끼물고기들을 건져 힘껏 바닷물로 던져주고 있었다.

그 모습을 한동안 지켜보던 남자가 아이 쪽으로 다가가 말을 걸었다.

"얘야, 웅덩이에 갇힌 새끼물고기가 수천 마리도 넘겠는데 그걸 다 구해줄 순 없잖니?"

그러자 아이가 고개 한 번 쳐들지 않고 대꾸했다.

"알아요!"

"그래? 그런데 왜 계속 그러는 거지? 누가 알아준다고?"

"이 새끼물고기가 알아줘요!"

아이가 하던 동작을 계속하며 말했다.

"얘도 알아주고, 얘도 알아주고, 또 얘도 알아주잖아요! 그리고 또……!"

회사 입장에서 볼 때 고객은 항상 '무리' 단위로 계산된다. 그래서 항상 자기들의 상품이나 서비스가 단 한 명의 고객의 불만을 사는 것을 대수롭지 않게 여긴다. 그 사람말고도 많은 사람들이 자기 회사의 상품을 쓸 것이고, 서비스를 받을 것이라고 생각하기 때문이다.

하지만 고객 '무리' 도 한 사람, 한 사람의 개인이 모여 형성된다. 상품이나 서비스는 한 사람, 한 사람의 개별적인 고객들이 사고 이용하는 것이다.

 ## 허리 한번 굽히면 될 것을

예수가 제자 베드로와 함께 길을 가다가 길가에 떨어져 있는 쇠말굽을 발견했다.

예수가 베드로에게 주우라고 했지만, 베드로는 허리를 굽히기 싫어서 못 들은 체했다. 예수는 아무 말 없이 그 철을 주워 대장간에 가서 세 푼을 받고 팔았다. 그리고 그 돈으로 약간의 앵두를 샀다.

> •••
> 문제를 지나쳐버리는 것은 당신의 기업을 죽이는 가장 확실한 길이다.
> —제인 애플게이트

얼마 후, 그들은 황야를 가로지르게 되었다. 베드로가 목말라할 거라고 짐작한 예수는 옷소매에 감춰둔 앵두 한 알을 슬쩍 떨어뜨렸다. 그러자 베드로가 그 즉시 주워먹었다.

예수는 앞장서 걸으면서 계속해서 앵두를 한 알, 두 알씩 떨어뜨렸는데 베드로는 창피함을 무릅쓰고 계속해서 허리를 굽혀 앵두를 주워먹었다.

예수가 마침내 웃으며 말했다.

"맨 처음에 허리를 한번 굽혔더라면 지금처럼 끝없이 굽실거릴 필요가 없지 않겠느냐? 작은 일을 하지 않으면 더 작은 일 때문에 고생하게 되는 것이다."

시장조사는 기업이 시장을 판단하고, 소비자를 이해하고, 판매계획을 수립하는 매우 중요한 과정이다.

그런데 어떤 기업들은 이 과정을 무시한 채 부랴부랴 상품을 생산해 시장에 내놓기 바쁘다. 그러다가 판매과정에서 무슨 문제라도 생기면 그것을 미봉하느라 허둥댄다.

길 위에 떨어진 앵두를 주워먹기 위해 허리를 굽실거리는 당신의 목마름은 어디에서 비롯되었는가?

좋은 말의 약효

옛날 중국 난닝에 성질이 괴팍한 부자가 살고 있었다.

한번은 그가 병이 들었는데, 도무지 의원을 부르려 하지 않았다. 그 꼴을 보다 못한 친구가 의원을 불러왔지만 진찰을 마친 부자는 이러는 것이었다.

"흥, 그 의원이 주는 약은 안 먹어. 그자의 목소리가 너무 높단 말이야."

친구가 또 다른 의원을 청해왔다. 목소리도 부드럽고 친절했지만 부자는 또 싫다고 했다.

"그 의원도 싫어. 너무 초라하잖아."

세 번째 의원은 옷차림도 세련되고 말투도 상냥했다.

"왕진비는 받아가시오. 하지만 당신의 충고도 듣지 않을 거요. 당신은 병을 너무 대충대충 보는 것 같아 싫소이다."

부자는 점점 신열이 오르고 병세가 나빠져 자리에서 일어나지도 못했다. 그 꼴을 곁에서 지켜보는 친구들은 어찌할 바를 몰랐다.

그러던 어느 날 광저우에 사는 젊은 의원이 그곳으로 휴가를 왔는데, 소식을 전해들은 부자의 친구들이 찾아와 부탁했다.

"우리 친구를 좀 살려주시오. 점점 위중해지고 있는데, 워낙 성질이 괴팍한지라 도무지 의원의 말을 들으려 하지 않소. 당신의 그 교양 있는 언행과 태도가 어쩌면 효과가 있을지도 모릅니다."

젊은 의원은 곧 가장 좋은 옷으로 갈아입고 부자를 찾아갔다.

"어르신, 오늘 좀 어떻습니까? 병색이 심하다고 해서 와봤더니, 에이! 고작 몸살로 이렇게 누워 계세요? 요즘 바깥 날씨도 좋은데 얼른 털고 일어나셔야죠?"

의원은 하인을 불러 얼음을 갖다달라고 하고 얼음주머니를 부자의 이마
에 얹어주었다. 그러자 부자의 안색이 밝아지더니 금세 호전된 듯했다.

"제가 약을 좀 처방해드릴까요?"

의원의 말에 부자는 말없이 고개를 끄덕였다.

젊은 의원이 막 달여낸 탕약에 꿀을 약간 섞었다.

"아주 달콤하군."

탕약을 다 마신 부자가 긴 한숨을 내쉬며 말했다. 그러고는 조용히 잠들
었다.

얼마 후, 한잠 자고 깨어난 부자는 열도 내리고 한결 거뜬해졌다.

다른 의원들이 젊은 의원을 찾아와, 그 괴팍스런 부자의 병을 어떻게 치
료했느냐는 물음에 젊은 의원은 호탕하게 웃으며 말해주었다.

"가끔은 듣기 좋은 말이 약보다 효과적일 때가 있답니다."

대인관계에서 화술은 키포인트다. 가능한 듣기 좋게, 부드럽게 말하라.
달콤한 목소리와 부드러운 어조, 분명한 억양, 참신한 말과 생동감 넘치
는 비유 등은 모두 좋은 말을 구성하는 요소들로서 듣는 사람의 마음을 움
직이게 만든다.

 우수 품종

강원도 산간마을에 머리가 좋은 청년이 농사를 짓고 있었다. 그는 어떻
게 하면 자신의 주력 상품인 옥수수 수확량을 늘릴까 고민했고, 수소문

끝에 새로 개발된 신종 옥수수 종자를 받아다 파종할 수 있었다. 그리고 예상대로 과연 대풍을 거두었다.

이듬해, 그의 풍년을 부러워한 이웃사람들이 몰려와 새 품종을 나눠달라고 부탁했지만, 청년은 한사코 뿌리치고 그해에도 혼자만 그 품종으로 농사를 지었다. 그런데 어찌된 영문인지 그 이듬해부터 옥수수 수확량이 점점 줄어들더니, 3년째 되는 해에는 거의 망할 지경이 되었다.

• • •
남을 돕는 것이 곧 자신을 돕는 것이다.
혼자서는 살아남기 어렵다.
나무 한 그루가 숲을 이룰 수는 없다.

젊은 농부는 나중에야 그 이유를 알았는데, 그가 파종한 옥수수 품종은 여전히 우수했지만 함께 꽃가루를 나눌 수밖에 없었던 이웃 밭들의 열등 옥수수 때문에 품질이 점차 퇴화되었던 것이다.

식물의 성장에 필요한 것은 그에 상응하는 환경과 기후다.

이것은 시장경쟁에서도 마찬가지다. 단순히 경쟁에서 불리하다 해서 그 어떤 우량 기술로 다른 기업의 진로를 차단하다 보면 가짜상품들이 등장해 우수 품종과 교잡되는 꼴불견들을 보게 된다.

 판매 실습

화장품가게에서 여자 종업원 한 명을 구하는데 여러 명이 이력서를 냈고, 주인은 그 중 두 명을 최종 후보로 골랐다.

A는 늘씬한 몸매에 예쁘장하게 생겼고, 말솜씨가 좋은데다 열정도 대단했다. 이에 비해 B는 전체적으로 수수하고 온화하고 부드러운 편이

었다.

가게 주인은 두 아가씨를 나란히 위치한 매장에 세워두고 하루 매상에 근거해 최종 한 명을 고르기로 했다.

그날 아침, 두 가게는 동시에 문을 열었고 두 후보는 똑같은 유니폼 차림으로 각자의 매장에 섰다.

얼마 후, 한 중년남자가 A의 매장으로 들어섰다. 그러자 A는 활짝 웃는 얼굴로 그를 맞이하며 잠시도 틈을 주지 않고 말했다.

"손님, 저희 가게에 오신 걸 진심으로 환영합니다. 손님은 남성용 화장품을 찾으십니까, 아니면 젊고 아름다우신 부인께 선물하실 건가요?"

손님이 낮은 목소리로 중얼거렸다.

"에, 부인용…… 우리 집사람한테……."

그러자 중년남자의 말이 채 끝나기도 전에 A가 말했다.

"아! 손님께선 정말 다정한 남편이시군요! 이걸 한번 보세요. 방금 출시한 새 브랜드 크림인데 가장 적합할 거예요. 아마도 사모님께선 희고 보드라운 피부지만 좀 건조한 편이죠, 맞죠? 사모님께서 이 크림을 바르시면 10년은 더 젊어 보이실 거예요. 손님, 손에 좀 발라드릴까요?"

그러고는 덥석 손님의 손을 잡아끌더니 크림을 푹 찍어 그 손등에 발라주었다.

얼떨떨한 상태에서 손에 크림을 바른 중년남자가 속으로 생각했다.

'이 아가씨가 이렇게 난리를 피우는 걸 보니 아마 싸구려 크림을 덤터기씌워 팔아먹으려는 수작이군! 안 되겠어, 얼른 나가는 게 상책이지!'

손님이 계면쩍은 웃음을 지으며 말했다.

"아주 좋군요. 근데, 다른 곳도 좀 돌아보고요."

그러고는 뒤도 돌아보지 않고 매장을 나갔다.

그 중년남자가 이번에는 B가 서 있는 매장으로 들어갔다.

그런데 B는 손님을 향해 살짝 웃으며 고개를 끄덕이고는 두 손을 마주 잡고 다소곳이 곁에 서 있을 뿐 아무 말도 없었다.

진열장을 두루 살펴보며 어떤 것을 골라야 할지 몰랐던 손님은 B에게 화장품의 성능에 대해 이것저것 물었고, 그러면 B는 질문 하나하나에 대해 친절하고 자세하게 답변해주었다. 그리고 얼마 후, 손님은 그 중 한 가지를 골라 돈을 지불하고 만족스런 표정으로 매장 문을 나섰다. 그 손님이 선택한 것은 아까 A가 입이 닳도록 설명했던 바로 그 크림이었다.

그날 하루 동안 A가 얻은 것은 손님들이 부랴부랴 돌아서며 남긴 비웃음이었고, B가 담담한 미소로 얻은 것은 거액의 매상고였다.

지나친 것은 미치지 못한 것과 같다. 어떤 물건을 소개할 때 적극적인 것도 좋지만 지나친 열정은 삼가는 것이 좋다. 왜냐하면 고객이 지레 겁먹고 달아날 수도 있으니까!

양떼를 살리는 방법

| 위기와 기회 |

육지에 가만히 앉아서 좋은 선장이 될 수는 없다. 바다에 나가서 무서운 폭풍을 만난 경험이
유능한 선장을 만든다. 격전의 현장에 나서야만 전쟁의 끔찍함을 느낄 수 있다. 사람의 참된
용기는 인생의 가장 곤란한 때 또는 가장 위험한 위치에 섰을 때 비로소 나타난다.

－사무엘 다니엘

철학자와 사공

한 철학자가 작은 배에 몸을 싣고 커다란 강을 건너면서 사공에게 물었다.

"철학을 아십니까?"

사공이 대답했다.

"모르오."

철학자가 말했다.

"그렇다면 당신 인생의 3분의 1을 잃어버린 겁니다."

그가 계속 질문했다.

"문학은 좀 아십니까?"

사공이 대답했다.

"모르오."

철학자가 말했다.

"그렇다면 당신 인생의 3분의 2를 잃어버린 겁니다."

• • •

육지에 가만히 앉아서 좋은 선장이 될 수는 없다. 바다에 나가서 무서운 폭풍을 만난 경험이 유능한 선장을 만든다. 격전의 현장에 나서야만 전쟁의 끔찍함을 느낄 수 있다. 사람의 참된 용기는 인생의 가장 곤란한 때 또는 가장 위험한 위치에 섰을 때 비로소 나타난다.

―사무엘 다니엘

바로 그때 배가 바위에 부딪혔고, 물이 스며들면서 서서히 가라앉기 시작했다.

사공이 철학자에게 물었다.

"헤엄칠 줄 아시오?"

철학자가 대답했다.

"아뇨, 전혀요!"

사공이 말했다.

"그렇다면 당신은 목숨을 잃게 될 것이오!"

기업들마다 순회하며 강연하는 컨설턴트가 많다. 세계화 전략이나 무역장벽의 파고를 넘는 법, 서구의 선진 경영기법 등에 대해 말하는 그들은 소위 전문가들이다.

하지만 그들을 기업 현장에 세워놓으면 꼭 이야기 속의 철학자 같다. 심오한 이치쯤이야 술술 펠 수 있지만, 그것을 정작 실천할 능력은 없는 것이다.

# 퓨마 이야기

퓨마는 멸종 위기에 처한 동물로 전 세계에 겨우 10여 마리만 남아 있는 것으로 알려져 있는데, 그 중 한 마리가 페루 국가동물원에서 살고 있었다.

페루 정부는 이 귀한 손님을 잘 모시기 위해 자연림 1천5백 에이커를 단독으로 떼어 퓨마에게 제공했다. 그 드넓은 숲을 참관한 사람들은 한결같이 '퓨마의 천당'이라고 찬사를 아끼지 않았다. 초목이 우거지고 맑은 냇물이 흐르는 천연의 자연환경에서 떼지어 다니는 소와 양, 토끼 등이 모두 퓨마의 사냥감이었던 것이다.

그런데 이상한 일은 이 퓨마가 좀처럼 사냥감을 덮치지 않는다는 것이었다. 그저 공원관리인이 갖다주는 커다란 고깃덩이를 먹고는 위풍당당하게 돌아다니는 멋도 없이 온종일 에어컨 바람이 흘러나오는 동굴에 틀어박혀 잠만 자는 것이었다.

이런 현상을 두고 사람들은 퓨마가 외로워서 그렇다는 결론을 내렸다. 그래서 전 국민적인 모금활동을 벌여 콜롬비아·파라과이 정부와 협력하여 정기적으로 암놈을 빌려다가 이 퓨마의 고독함을 달래주기로 했다. 그러나 그런 인도주의적인 행위도 별다른 효과가 없었다. 퓨마는 단지 암놈을 데리고 밖으로 나와 해바라기나 하다가 어슬렁어슬렁 자기 굴로 들어가는 것이었다. 사람들은 도대체 무엇이 부족한지를 알 수가 없었다.

그러던 어느 날 공원을 찾은 한 시민이 그런 현상을 보고 말했다.

"녀석이 사는 곳에 풀만 뜯어먹는 동물들뿐이니 무슨 흥으로 사냥을 하겠는가? 이 커다란 공원에 적어도 이리 몇 마리는 있어야 할 게 아닌가?"

그 말이 일리가 있다고 판단한 책임자는 곧 공원 안에 표범 세 마리를 풀어놓았다.

그러자 금세 효과가 나타났다. 표범이 나타난 뒤 퓨마는 더 이상 낮잠 자는 일이 없었고, 굴 안에 처박혀 있는 경우도 드물었다. 퓨마는 때때로 산 위에 올라가 목을 쭉 빼고 포효했으며, 수시로 주변을 순찰했고, 쩍하면 사납게 으르렁대며 표범들을 겁주었다. 그리고 얼마 뒤에는 파라과이에서 온 암놈이 새끼를 낳는 경사도 벌어졌다.

한 사람 또는 한 집단, 한 조직에게 만약 경쟁상대가 없다면 어떤 진보도 기대할 수 없을 뿐더러 타락과 몰락의 위험성이 있다.

경쟁은 활력을 유지할 수 있는 가장 좋은 수단이다. 적수의 존재는 자신을 부단히 진보시키는 힘이다.

 # 친구와 적

미국의 제16대 대통령 에이브러햄 링컨은 재임 중에 자신의 정적들에게 무척 관대했다.

이를 불만스럽게 여긴 한 백악관 직원이 말했다.

"대통령께선 그들을 친구로 대할 것이 아니라 마땅히 제거해야 하지 않습니까?"

이에 링컨은 온화한 어투로 대꾸했다.

"그들을 친구로 만드는 것이 바로 적을 제거하는 일 아니겠소?"

친구와 적은 상대적인 것이다. 한 명의 적을 친구로 만든다는 것은 곧 적이 한 명 적어진다는 것을 의미한다.

시장에서도 경쟁 회사는 상대적인 존재다. 기업들끼리 서로 연합하여 함께 시장을 개척해나간다면 기업들은 적은 노력으로도 새로운 수요시장을 확장해갈 수 있다.

기러기들

하늘을 날던 기러기떼가 물과 먹이가 풍부한 호수 하나를 발견하고 내려앉았다.

기러기떼의 우두머리는 먼저 보초 기러기를 정하고서 멀찍이 서 있다가 인기척이 들리면 재빨리 소리쳐 경보를 울리라고 지시했다.

그런데 포수들이 그러한 기러기들의 습관을 알게 되었다.

포수들은 날이 어두워지기를 기다렸다가 횃불을 켰는데, 보초 기러기가 그 불빛을 보고 놀라 '끼욱, 끼욱!' 울어대면 얼른 불을 꺼버렸다. 갑작스런 경보에 놀란 기러기들이 수면을 박차고 날아오르고 보면 아무런 이상도 없는 것이었다.

그렇게 놀라서 날아오르고 다시 내려앉기를 수차례나 되풀이하고 나자 기러기들은 보초 기러기가 자기들을 놀려먹으려는 수작이라 생각하고 달려들어 마구 쪼아버렸다.

기러기들이 모두 잠든 시간에 포수들이 살금살금 기러기떼를 포위해왔지만, 괜히 매를 벌고 싶지 않았던 보초 기러기는 아무 소리도 내지 않았다. 잠든 기러기떼는 그렇게 한 마리도 남김없이 포수들 차지가 되어 버렸다.

창업 후 어느 정도 성장을 이룬 기업이라면 모두 시장경쟁의 파고를 겪게 마련이다.

비슷한 시장을 두고 경쟁하는 라이벌 회사에서 처음 이쪽 회사를 탐색하려 할 때 조직 내부의 경보시스템이 착실히 작동되면 경각심을 높일 수 있다. 하지만 이때는 아무런 위협도 느껴지지 않을 수 있다. 그렇게 수차례 반복되다 보면 조직은 차츰 경각심을 늦추게 되고, 나중에는 치명적인 타격을 입게 되는 것이다.

 # 호랑이에게 포고문

옛날 어느 고을에 새 사또가 부임했는데, 그 고장에서는 수시로 출몰하는 호랑이가 사람과 가축을 해쳐서 민심이 흉흉했다. 당연히 호랑이를 없애라는 백성들의 원성이 높아질 수밖에 없었다.

이에 아둔한 사또가 한 가지 방책을 내놓았는데, 호랑이가 출몰하는 산기슭의 커다란 바위에 '호랑이를 축출한다'는 포고문을 새겨놓은 것이다.

때마침 호랑이는 더 나은 먹잇감을 좇아 그 고장을 떠났는데, 멍청한 사또는 그것이 자신의 포고문 때문이라 생각하고 득의양양했다.

얼마 후 그 사또는 또 다른 지방으로 전출을 갔다. 그런데 그 고을 백성들은 성질이 거칠고 강직해서 다스리기가 쉽지 않았다.

이에 사또는 전에 자기가 호랑이한테 내렸던 포고령을 떠올리고는, 백성들에게 아주 효과적일 것이라고 판단하여 사람들을 시켜 그 포고문이 새겨진 바위를 옮겨오라고 했다.

사또는 결국 백성들을 다스리기는커녕 조롱만 받다가 파직되고 말았다.

기업이라면 비즈니스에 성공한 경험이 있고, 그 과정에서 많은 이윤을 창출했을 것이다. 하지만 시장의 질은 하루가 다르게 달라지고 있다. 또 새로운 시장이 생겨남에 따라 소비자들의 소비심리도 변하기 때문에 과거의 성공방식이 더 이상 통하지 않는 경우가 많다.

기업들마다 나름대로의 운영시스템이 있겠지만, 시장의 변화에 따라 그 전략과 전술을 탄력적으로 조정할 수 있어야 한다. 기업이라는 조직은 필연적으로 시장에 의존해야 생존할 수 있기 때문이다.

 # 한 드럼에 4달러

미국의 유명 석유회사에서 석유 한 드럼 가격을 한동안 4달러씩 받은 적이 있었다.

그 석유회사가 직영하는 주유소 직원들 중에 아치포트라는 소년이 있었다. 소년은 매번 식사비나 여관비를 지불할 때, 편지를 쓸 때, 즉 자신의 사인이 필요할 때마다 항상 '한 드럼에 4달러인 표준 석유임' 이라는 광고문구를 쓰는 일이 습관처럼 몸에 배었다. 어떤 때는 아예 이름 대신 그 문구를 사인으로 대체하곤 했다. 그러자 동료들은 그에게 '한 드럼에 4달러' 라는 별명을 붙여주고 놀려댔다. 툭하면 그런 식으로 놀림을 받다 보니 나중에는 진짜로 자신의 이름까지 망각될 지경이었다.

우연히 그 사연을 알게 된 석유회사의 회장이 하루는 아치포트를 식사에 초대했다.

"사람들 모두 이름을 부르지 않고 '한 드럼에 4달러' 라고 부르는데 화도 안 나는가?"

소년이 정색을 하며 말했다.

"'한 드럼에 4달러' 는 회사 광고문구 아닙니까? 한 명이라도 더 불러주면 그만큼 광고효과를 보는 셈인데 왜 화를 내요?"

소년의 말에 회장은 무척 감동했다.

"자네처럼 그렇게 사소한 일에서부터 꾸준히 회사를 홍보하는 직원은 참 존경스럽네!"

5년 후 그 회장이 은퇴하게 되자, 아치포트는 자신보다 월등한 조건을 갖춘 수많은 경쟁자들을 물리치고 그 석유회사의 제2대 회장으로 선출되었다.

한 사람의 성공은 아주 작은 일에서부터 비롯되는 경우가 많다. 아주 우연한 일이라고는 하지만 그것 또한 필연적인 결과라는 것은 누구도 부인할 수 없다.

사소한 일들은 길에 깔린 자갈들처럼 쌓이다 보면 길이 된다.

 # 다리 놓기와 허물기

지방공무원 준기는 성품이 어질고 실력도 부족함이 없었다. 부서 구성원들의 신망도 두터웠고 윗사람들과의 관계도 좋았다. 하지만 이상하게도 진급은 영 시원치 못했다. 심사대상에는 올라도 번번이 밀려버리는 이유에 대해 그 자신도 속 시원히 알 수가 없었다.

그러던 어느 주말, 그가 집에서 휴식을 취하고 있을 때였다.

아들녀석이 자기 반 친구를 집으로 불러들여 보드게임의 일종인 다이아몬드 게임(Diamond Game, 다이아몬드 꼴의 여섯 꼭짓점을 가진 말판에서 보통 세 사람이 각각 자기 앞의 말판에 있는 말을 건너편 자기 말판으로 먼저 이동시키기를 겨루는 놀이)을 하고 있었다. 그런데 몇 번씩 게임이 되풀이되었지만 아들녀석이 번번이 지기만 하는 게 아닌가. 마침 따분했던 그가 슬며시 끼어들어 아들녀석을 일깨워주었다.

"그러지 말고, 다리를 몇 개 더 놓는 게 좋지 않을까?"

다리를 놓는 것은 다이아몬드 게임에서 승리의 필수요건이다. 다리가 많으면 많을수록 단숨에 건너뛸 수 있기 때문에 적은 노력으로도 큰 효과를 얻는 것이다.

뜻밖의 힌트를 얻은 아들녀석은 곧장 실행했고, 과연 승승장구하며 전진했다.

준기가 매우 득의양양한 표정으로 아들에게 말했다.

"우리가 사는 것도 이 다이아몬드 게임과 마찬가지란다. 스스로를 위해 다리를 몇 개 더 놓고 지름길을 찾아낼 줄 알아야 하는 거지!"

"예!"

아들녀석이 힘있게 고개를 끄덕였다.

그런데 잠시 후 뜻밖의 상황이 벌어졌다. 계속 밀리면서도 실실 웃기만 하던 아들 친구가 게임 말 두 개를 옮겨놓자 방금 전 애써 열어놓은 길이 탁 막혀버렸다. 형세는 급반전되었고, 아들은 또다시 패하고 말았다.

아들 친구가 씩 웃으며 말했다.

"봤지? 이건 다리를 허문다는 거야! 아무리 다리를 잘 놓더라도 다리 허무는 전술엔 꼼짝 못하고 당하는 거지!"

"……?"

"게임에서 이기려면 다리를 잘 놓는 것은 물론 무너지지 않게끔 방어할 줄도 알아야 해. 당연히 상대방의 다리를 허물 줄도 알아야 하고!"

"……!"

순간적으로 준기는 자신의 머릿속을 꿰뚫는 뭔가를 깨달았다. 자기도 모르게 입을 딱 벌린 그는 머리를 뒤로 젖히고 긴 한숨을 토해냈다.

그로부터 2년 동안 준기는 진급을 거듭하기 시작했는데, 아무도 그를 추월할 수가 없었다. 모든 경쟁이 그의 승리로 끝났고, 파죽지세로 최정상을 향해 내달렸다.

비즈니스 세계도 마찬가지다.

모든 것이 치열한 전투장인 세계에서 정해진 등식이란 존재하지 않는다. 누가 방법이 없다고 한숨지을 때 누구는 지폐를 세느라 정신없을지도 모른다. 분명한 것은, 누구는 승리하고 누구는 패자가 된다는 사실!

방금 쌓아놓은 고객과의 통로가 자신도 모르는 사이에 훼손당할 수 있다. 최후의 승리를 위해서는 경쟁상대의 공격을 예방하고, 상대의 다리를 찾아 무너뜨릴 줄 알아야 한다.

원수를 고마워하라

한 동물학자가 아프리카 대초원 잠베지 강 연안에 사는 영양 무리를 연구해보았다. 그 결과 동쪽 기슭에 사는 영양들이 서쪽에 사는 영양들보다 번식력이 강할 뿐만 아니라 달리는 속도도 분당 13미터나 더 빠르다는 사실을 발견했다.

동물학자는 그 원인을 알 수가 없었다. 똑같은 종류의 영양이고, 똑같은 환경에서 살며, 먹이도 똑같은 풀인데 말이다.

그래서 한번은 잠비아공화국 동물보호협회의 협조 아래 동서 양안의 영양을 열 마리씩 잡아 반대편 기슭에 풀어놓았다. 그리고 1년 후에 그 결과를 살펴보니 서쪽으로 건너간 영양 열 마리는 열네 마리로 늘어나 있었고, 동쪽으로 간 영양들은 겨우 세 마리만 살아남았다. 나머지 일곱 마리는 모두 늑대의 먹이가 된 것이었다.

그제야 동물학자는 동쪽에 사는 영양들이 그토록 건강하게 살 수 있었던 것은 바로 그 주위에 늑대 무리가 살고 있기 때문이라는 걸 알 수 있었다. 서쪽 기슭에 사는 영양들이 상대적으로 허약한 것은 늑대와 같은 천적이 없기 때문이었다.

천적이 없는 동물은 왕왕 가장 빨리 멸종되고, 천적이 있는 동물은 점점 강해지고 번성한다. 이러한 대자연의 현상은 인류사회에서도 똑같이 적용된다. 당무는 하왕과 같은 폭군을 적으로 두었기에 그를 옹위하는 사람들을 얻었고, 유방은 항우가 있었기에 신중하고 사려 깊게 행동하여 훗날 천하를 얻게 된 것이다.

진정 당신을 성공으로 이끌고 끝까지 견지하게 하고, 씩씩하게 앞으로 나아갈 수 있게 하는 것은 결코 순경(順境)과 충족함이 아니라 타격과 좌절이다.

멀쩡했던 이유

영국의 어느 호텔에 우연히 같은 날 묵게 된 세 명의 여행자가 있었다. 이 세 사람이 아침에 일을 보러 밖으로 나가는데 한 사람은 우산을 들고, 다른 한 사람은 지팡이를 들고, 세 번째 사람은 빈손으로 나갔다.

그런데 저녁에 돌아와보니 우산을 들고 나갔던 사람은 옷이 젖어 있었고, 지팡이를 들고 나간 사람은 흙탕물 범벅이 되어 있었으며, 빈손으로 나간 사람만 멀쩡했다.

앞의 두 사람이 세 번째 사람에게 물었다.

"아니, 당신은 어째서 그렇게 말짱한 거요?"

그러자 세 번째 사람은 대답 대신 우산을 들고 나간 첫 번째 사람에게 물었다.

"당신은 왜 옷만 적시고 넘어지진 않았던 거죠?"

첫 번째 사람이 말해주었다.

"길을 나서고 얼마 지나지 않아 갑자기 비가 내리기 시작하지 뭡니까? 난 내 선견지명이 흐뭇하여 우산을 펴들고 당당하게 걸었소. 하지만 세차게 들이치는 빗줄기에 그만 옷을 적시고 말았소. 지팡이가 없었기 때문에 흙탕길을 지날 때는 넘어지지 않으려고 아주 조심했지요."

세 번째 남자가 이번에는 지팡이를 들고 나간 사람에게 묻자 그가 말해주었다.

옷이 젖고, 흙탕길에 넘어지고 나서야
비로소 당신은 깨닫습니다,
방심은 금물이라고.

"나는 갑자기 쏟아지는 빗줄기를 피하기 위해 차양이 쳐진 곳으로 걸었고, 더러는 건물 밑에서 비가 그치기를 기다리기도 했소. 그런데 미끄러운 흙탕길을 지날 때 지팡이만 너무 믿다가 방심했던 모양이오. 그래서 넘어져 이 꼴이 된 거지!"

두 사람의 말을 다 듣고 난 세 번째 사람이 크게 웃으며 말했다.

"나 역시 댁들과 마찬가지 아니겠소? 비가 내리니 비를 피할 수 있는 곳으로 걸었고, 또 미끄러운 흙탕길에서는 유난히 조심해서 걷게 되더군요. 그래서 다행히 이렇게 비에 젖지도, 흙탕길에 넘어지지도 않았던 겁니다."

인간은 원래 완벽하지 못한 존재다. 잘난 사람도 어떤 면에서는 남만 못하고, 못난 사람도 어떤 면에서는 남보다 우월하다. 비록 어떤 면에서 남보다 열등할지라도 비관할 필요는 없다.

자기 우세(優勢)만 믿다간 우산 든 사람이 오히려 비에 젖고, 지팡이를 든 사람이 오히려 넘어진다. 우세란 상대적인 것, 객관적인 환경에 맞춰 우세를 창조하고 장점을 확장시킬 줄 알아야 생존할 수 있다.

 # 양떼를 살리는 방법

몽골의 넓은 초원지대에서 양떼를 방목하는 목동이 있었다.

북방이지만 그곳도 여름에는 날씨가 제법 따뜻했기 때문에 양들은 편안하게 풀이나 뜯으면서 차츰 움직이기 싫어하는 습관이 몸에 배게 되었다. 그러다가 어느덧 겨울이 닥쳐와 기온이 급격하게 떨어지면 기후 적응에 실패한 양들이 한 마리, 두 마리 얼어죽기 시작했다.

목동에게 양은 자신의 전 재산이나 마찬가지였다. 어떻게든 양들의 죽음을 막아야 했던 그는 양떼가 환경에 적응할 수 있는 방법을 모색하던 끝에 아주 효과적인 방법을 생각해냈다.

그 방법인즉, 양 우리 주위에다 늑대 몇 마리를 풀어놓는 것이었다. 그러자 양들은 늑대의 먹이가 되지 않기 위해 쉴새없이 뛰어다녀야 했다. 그렇게 부지런히 움직이다 보니 추위를 견딜 수 있게 되었고, 더 이상 얼어죽지도 않았다.

위기는 보다 훌륭한 생존환경을 만들 수 있다. 위기의식이 행동으로 옮겨졌을 때, 안일한 일상에 마비되지 않고 더욱 강력한 생존의식을 갖추게 된다.

 # 고양이와 호랑이

먹이를 찾아 산 속을 떠돌던 늑대가 한 무리의 산고양이들을 만났다. 그렇게 많은 고양이를 본 늑대는 처음에 깜짝 놀라 뒷걸음질쳤다. 하지만 너무나 배가 고팠기 때문에 앞뒤 재지 않고 그 중 한 마리를 덮쳤다. 그래서 심하게 반항하기는 했지만 별다른 어려움 없이 먹잇감을 포획할 수 있었다. 다른 산고양이들은 달아나는 데만 급급할 뿐이었다. 그런 식으로 늑대는 매일같이 고양이를 잡아먹었다.

날마다 한 마리씩, 산고양이 무리를 모두 잡아먹고 나자 또 다른 먹잇감을 찾아나서야 했다.

먼길을 헤매어 기진맥진할 무렵, 늑대가 이번에는 엄청나게 큰 고양이 한 마리를 발견했다.

늑대는 속으로 무척 기뻐했다. 비록 한 마리뿐이었지만, 덩치가 워낙 커서 한 달은 족히 먹겠다는 생각이 들었다. 그래서 앞뒤 볼 것 없이 잽싸게 고양이를 덮쳤다.

그런데 그 고양이는 힘이 엄청나게 셀 뿐만 아니라 기세가 워낙 사나워서 오히려 늑대를 단번에 때려눕히고 먹어치우는 게 아닌가.

늑대는 고양이처럼 생긴 그 녀석이 사실은 고양이가 아니라 호랑이라는 사실을 죽기 전까지도 알지 못했다.

많은 기업들이 마케팅 기법으로 다수의 조직원들을 분산시켜 여러 곳에 진을 치는 방식을 즐겨 사용한다.

이때 경쟁상대가 그 진용을 공략할 방법을 찾아내어 틈새공격을 가해오면 조직은 적지 않은 피해를 입게 되는 경우가 있다. 그러나 이런 때일수록 정신을 차리고 단합된 힘으로 대응한다면, 기업은 누구도 섣불리 건드릴 수 없는 호랑이가 된다.

 # 서로 다른 본성

늑대에게 잡아먹힌 양이 천국에 가서 염라대왕께 하소연했다.

"제 머리에 난 뿔도 때에 따라선 적을 공격할 수 있을 텐데, 우린 왜 늑대들의 먹잇감만 되고 마는 거죠?"

염라대왕이 말했다.

"너희나 늑대 모두 포유동물이지만 너흰 풀이나 나뭇잎을 먹고 살고, 늑대는 고기를 먹고 살지 않느냐?"

그러고는 다음과 같은 이야기를 들려주었다.

"너희는 물이 있는 곳 어디라도 풀과 나무가 있어서 그리 힘들이지 않고 배를 채울 수 있지만, 늑대란 놈들은 살아남으려면 오직 상대방을 제압하고 잡아먹지 않으면 살 수가 없다. 먹고살기가 편한 너희는 일상이 너무 안일한 까닭에 자기보호 의식과 능력이 부족하고 떼지어 다니면서도 단결력이 없지. 반대로 늑대들한테는 사냥감을 분별하는 후각과 무작정 돌진해나가는 용기와 불굴의 정신력이 있는 것이지. 녀석들은 용맹과 지혜를 결합해 사냥감을 제압할 수 있을 뿐만 아니라 여럿이 힘을 합쳐 적을 공격하는 조직력도 갖추고 있다. 말하자면 너희 양에게는 양의 본성이 있고, 늑대에게는 늑대의 본성이 있는 것이다."

여기서 '양의 본성'이란 현 상태에 만족하며, 조직하고 변화하고자 하는 노력이 없음을 의미한다. 또한 '늑대의 본성'이란 적극적이고 주동적이며 경쟁력과 조직력이 있음을 말한다.

 오징어의 방어술

오징어 한 마리가 바다에서 놀다가 상어가 자기를 집어삼키기 위해 다가오자 뒤로 후퇴함과 동시에 오징어 특유의 방어술인 먹물을 내뿜었다. 그러자 눈앞이 캄캄해지면서 아무것도 볼 수 없게 된 상어는 입맛만 다시다가 이윽고 다른 곳으로 가버렸다.

며칠 후 그 오징어는 또다시 수면 가까이로 나와 있었는데, 이번에는 큰 물고기들에게 잡아먹힐 위험을 미리 방지하기 위해 아예 먹물을 잔뜩 뿜어서 주위를 시커멓게 만들어놓았다.

그러자 때마침 하늘을 배회하고 있던 갈매기가 시커먼 바닷물을 보고 곧장 내리꽂아 오징어를 채갔다.

모든 상황에 효과적인 방법은 존재하지 않는다.

오징어는 먹물이 스스로를 엄호한다는 사실만 알았을 뿐, 그것이 자기 존재를 드러나게 해서 적의 목표물이 될 줄은 미처 몰랐다.

자신만의 특기가 유리한지 불리한지는 상대방이 누구냐에 따라 달라진다. 한 기업이 경쟁상대를 누를 방법을 찾아내더라도 그것을 이용해 유리한 상황을 만들어내지 못한다면 오히려 허점으로 작용할 공산이 크다.

무슨 일이나 이로운 반면에는 해로운 점이 있게 마련, 재주가 있더라도 영리하게 사용할 줄 아는 것이 진짜 실력이다.

토끼의 논문

햇볕 따사로운 오후, 한가로이 해바라기를 즐기던 토끼가 여우에게 붙잡혔다.

"잘됐다. 마침 출출하던 참에 좋은 요깃거리가 생겼구나!"

여우가 군침을 흘리자 토끼가 애원했다.

"잠깐만요! 어떻게 며칠만 봐주실 수 없을까요?"

"그게 무슨 소리지?"

토끼가 말했다.

"제가 지금 논문 한 편을 거의 완성 중에 있거든요."

"허 참, 거 핑계 한번 고상하구나! 그래, 논문 제목이 무엇이냐?"

"제목이 '토끼가 여우나 늑대보다 우월한 점'입니다."

"미친놈! 그 무슨 말도 안 되는…… 내 당장에 네놈을 먹어치우겠다!"

토끼가 매우 침착하게 말을 이었다.

"다들 여우가 토끼보다 강하다고 하지만, 제 연구에 따르면 꼭 그런 것만도 아니었어요. 정 의심나면 저희 집에 가서 직접 한번 읽어보세요. 그런 다음에 저를 잡아먹어도 늦지 않잖아요?"

"허 참! 이 녀석이 미쳐도 단단히 미쳤군!"

여우는 그러는 한편으로 호기심이 발동했다.

'그래, 논문 한 편 읽고 난 다음에 잡아먹어도 손해날 건 없지 않은가?'

여우는 결국 토끼를 앞세우고 토끼집으로 들어갔지만, 다시는 밖으로 나오지 못했다.

며칠 뒤, 그 토끼가 이번에는 늑대에게 사로잡혔다.

"잠깐만요! 절 지금 잡아먹으면 안 돼요."

"왜지?"

"제 논문 「토끼가 여우나 늑대보다 우월한 점」이 거의 완성단계에 있거든요."

그 말에 늑대는 웃음을 참느라 눈물까지 찔끔거렸다.

"속는 셈치고 한번 읽기라도 해보세요. 그런 다음에 절 잡아먹어도 되잖아요?"

늑대도 그렇게 토끼를 따라 토끼집에 들어간 다음 다시는 나오지 못했다.

토끼가 마침내 논문을 완성하고 기쁨에 넘쳐 즐겁게 뛰놀았다. 그 모습을 본 다른 토끼가 다가와 물었다.

"무슨 일로 그렇게 좋아하는 거야?"

"응, 논문을 하나 완성했거든!"

"그래? 무슨 논문인데?"

"「토끼가 여우나 늑대보다 우월한 점」."

"에이! 거 어째 말이 안 되는 것 같은데?"

"그래? 정 못 믿겠다면 우리 집에 들어가서 한번 읽어봐."

그 토끼의 집에 들어가보니, 그곳은 전형적인 연구생의 집이었다. 어수선한 방 안에 서적과 필기구들이 가득했고, 방 한구석에는 여우와 늑대의 뼈다귀가 어지럽게 널려 있었다. 그리고 방 한가운데에는 덩치 큰 사자 한 마리가 떡 버티고 앉아 입맛을 다시고 있었다.

규모가 작은 회사라고 해서 신생기업들을 무시해서는 안 된다. 비록 현재는 보잘것없어 보여도 언제든 일취월장할 수 있다. 은행이나 자본력이 튼튼한 기업의 지원이라도 얻게 되는 날에는 막강한 경쟁력을 갖추고 공격해올 수 있다.

 꿀벌과 파리

어느 과학자가 꿀벌과 파리의 생태를 연구하고 있었다. 그는 각기 다른 병에 꿀벌과 파리를 다섯 마리씩 넣은 다음 병 밑굽을 창문 쪽으로 놓아두고 어떤 일이 벌어지는지 지켜보았다.

그러자 파리들은 채 2분도 안 되어 병 입구로 빠져나왔지만, 꿀벌들은 한사코 병 밑굽 쪽으로 출구를 찾다가 금세 지쳐버려 초죽음상태가 되었다.

사실 꿀벌들은 밝은 것을 좋아하는 특성과 그 지혜로움 때문에 죽는 것이다. 꿀벌들은 출구가 반드시 밝은 쪽에 있음을 믿어 의심치 않기 때문에 끊임없이 그렇게 '근거 있는' 행동을 반복하는 것이다.

꿀벌들의 시각에서 보면, 유리벽은 초자연적 산물로 자연계에서는 좀처럼 볼 수 없는, 뚫고 나갈 수 없는 신비한 대기층인 셈이다. 그래서 그들의 지력이 높으면 높을수록 이 기괴한 장애물은 도저히 이해할 수 없는 산물인 것이다.

하지만 미련한 파리들은 사물의 이치 따위에 관심이 없다. 그래서 밝은 빛의 유혹을 무시한 채 사방팔방으로 날아다니다가 우연히 출구를 찾게 되는 것이다.

두뇌가 단순한 사람들의 성공을 살펴보면 종종 똑똑한 사람들이 멸망한 자리에서 비롯되는 경우가 많다.

이 실험은 불굴의 실험정신과 의지, 착오, 모험, 즉흥적 행위, 우회, 집념과 임기응변 등이 모두 변화된 환경에 대처하는 데 도움이 된다는 것을 증명한다.

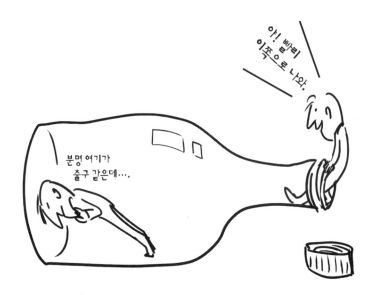

그 돌은 따뜻했다

부귀를 찾아 열심히 돌아다니는 청년이 있었는데, 한번은 어느 예언자의 가르침을 받게 되었다.

"저 멀리 동쪽 바닷가에 가면 점금석(點金石)이라는 작은 돌멩이가 있다. 그 돌멩이만 있으면 어떤 쇠붙이든 순금으로 만들 수가 있지."

예언자가 보충설명하기를, 그 점금석은 해변에 그와 똑같이 생긴 수많은 돌멩이들과 섞여 있는데 다른 자갈들과 달리 점금석은 손으로 만졌을 때 온기가 느껴진다는 것이었다.

청년은 곧 간단한 행장을 꾸려 먼길을 걸어서 그 해변에 도착했다. 그리고 캠프를 치고 곧바로 점금석 찾기에 돌입했다.

청년은 처음에 돌멩이들을 주워 만져봐서 차갑게 느껴지면 도로 그 자리에 놓아두었다. 그러다 보니 같은 돌멩이를 거듭 만지기도 했다. 그래서 이번에는 차갑게 느껴지는 돌멩이를 바닷물로 던져버렸다. 그렇게 온종일 찾아보았으나 점금석은 좀체 발견되지 않았다.

그렇게 이틀이 지나고 사흘이 지나고 1주일이 지나고 한 달이 지나고 1년, 3년이 지났지만 점금석은 여전히 오리무중이었다. 그러나 청년은 놀라운 지구력을 발휘했다. 결코 실망하지 않고 매일같이 돌멩이를 만져보고 바다로 던지기를 거듭했다.

그러던 어느 날 저녁 무렵, 청년은 기계적으로 돌멩이 하나를 주워 습관처럼 바다로 던져버렸다. 그런데 그 돌멩이가 수면에 기포를 남기고 가라앉을 때 그는 비로소 그 돌멩이가 손에 남긴 온기를 감지할 수 있었다. 그 돌멩이는 따뜻했던 것이다……!

과연 얼마나 많은 사람들이 이 '점금석'을 주웠다가 그 거대한 힘을 느껴 보기도 전에 던져버렸는가. 얼마나 많은 사람들이 습관적으로 행운을 내팽개치고 있는가! 또 얼마나 많은 사람들이 그 거대한 힘을 이용해 성공하는 것을 목격했던가.

 ## 재주넘기를 거부하다

어떤 사람이 야생원숭이 두 마리를 잡아다가 잘 훈련시켜 돈깨나 만져보려고 했다.

그는 처음에 재주넘는 훈련을 시켰는데, 재주를 한 번 넘으면 복숭아 한 개를 주고 두 번 재주넘으면 두 개를 주었다.

그 중 한 마리는 시키는 대로 잘해서 적잖은 복숭아를 받아먹었지만, 다른 한 마리는 재주를 넘지도 않았고 복숭아를 먹을 생각도 하지 않았다. 아무리 채찍으로 때려도 막무가내였다.

그렇게 보름쯤 지나자 재주넘기를 잘하는 원숭이는 복숭아를 많이 먹어서 살이 포동포동 쪘지만, 굶으면서도 재주넘기를 거부한 원숭이는 피골이 상접해졌다. 잔뜩 약이 오른 사람은 말 안 듣는 그 원숭이를 내다버렸다.

그러자 쫓겨난 원숭이는 자유롭게 숲 속을 누비며 복숭아는 물론 먹고 싶은 것을 마음껏 따먹을 수 있었지만, 재주넘기 잘하는 원숭이는 주인에게 끌려다니며 길거리에서 하루종일 재주넘기를 해야 했다.

눈앞의 유혹을 뿌리칠 수 있는 사람은 그리 많지 않다.

온갖 시련과 고통을 극복하고 눈앞의 이익에 현혹되지 않는 사람만이 자기 꿈을 이룰 수 있는 것이다.

 # 사자의 대신

동물왕국의 왕 사자가 보다 훌륭한 통치를 하기 위해 믿음직한 대신 한 명을 임명하기로 했다.

많은 생각 끝에 늑대와 여우가 후보자로 남았다. 사자는 과연 누구를 선택하는 게 나은지 몰라 망설이고 있었다.

한참 고민하고 있을 때 소식을 전해들은 늑대가 먼저 찾아왔다.

"대왕님, 대신이라면 우선 용맹스러워야 한다고 생각합니다. 그래야 대왕님을 잘 호위할 수 있으니까요. 이 점에서 여우는 저보다 한 수 아래가 아닐까 싶은데요?"

그 말을 듣고 난 사자가 말했다.

"이놈아, 넌 나를 너무 우습게 보는구나! 그래, 내가 네놈의 호위를 받을 성싶으냐? 지금 내게 필요한 것은 계략이다. 계략으로 네가 여우를 당해내겠느냐?"

그 말에 늑대는 아무 말도 못한 채 돌아섰고, 사자는 곧 여우를 대신으로 삼았다.

처세술의 관건은 먼저 상대방의 관점을 알아두고 그의 입장과 내 입장을 바꿔놓은 다음 문제를 생각해야 한다는 점이다.

 주목받기

학교 졸업 후 사회에 진출한 지 얼마 되지 않은 H군이 운 좋게도 얼마 후 대기업에 입사하게 되었다.

직원만 수만 명에 이르는 그 기업은 중소기업과 달리 모든 업무를 자기 손으로 처리하지 않아도 되었다. 장점이라면 자기가 능한 분야에 몰두할 수 있는 것이었고, 단점이라면 수많은 인재들 중에서 자기 역할을 드러내 보이기에는 무대 공간이 너무 좁아서 마음대로 활개칠 수 없다는 점이었다.

H군은 이런 생각을 했다.

'회사 간부들에게 내 능력을 과시하려면 어떻게든 그들의 눈에 띄어야 해.'

하지만 회사 내의 많은 사람들 가운데 간부들에게 이름이 알려진 직원은 몇 안 되는 상황이었다. 그렇다면 무슨 수로 그들의 주목을 받을 수 있을까?

그해 연말이 되었다. 회사에서는 관례에 따라 연말 보너스를 지급하게 되었다. 직원들 모두 '관례'대로 보너스 액수가 많든 적든 불만을 토로하느라 입을 움직이고 있었다. 마치 그렇게라도 하지 않으면 지난 1년간의 수고를 아무도 알아주지 않을 것처럼.

그런데 보너스를 지급한 그 다음날, '감사의 편지' 한 통이 회사 총수와 몇몇 고위급 간부들의 책상 위에 놓여졌다. 내용인즉, 그동안 여러 간부님들의 고매한 지도와 가르침에 감사한다는 내용이었고, 발신자는 다름 아닌 H군이었다.

그런 일이 있고 난 어느 하루, H군은 우연히 화장실에서 총수와 마주치게 되었다.

총수가 웃음 띤 얼굴로 반겨주었다.

"오! 자네가 H군인가!"

많은 신입사원들이 H군과 비슷한 경우를 겪어보았을 것이다.

사실, 회사 간부들의 이목을 끌 수 있는 방법은 의외로 많다.

"제가 하는 일에 대해서 어떤 의견이나 요구사항이 있으시면 일러주십시오. 정말 알고 싶습니다."

"어떤 부분을 더 분발하면 좋을까요? 제 능력껏 한번 해보고 싶습니다!"

"제 표현에 대해 불만인 점을 지적해주십시오. 잘해낼 수 있습니다!"

……

확언컨대, 그 어떤 보스도 이렇게 주체적인 직원을 싫어하지는 않는다. 그런데 더 중요한 것은 이런 대화를 통해 보스가 원하는 바를 올바로 파악할 수 있다는 점이고, 이는 자신을 드러낼 수 있는 절호의 기회다.

 # 두 가지 언어

어느 집에 쥐가 들끓어서 사나운 고양이 한 마리를 사왔다. 그러자 그 고양이는 불과 며칠 만에 쥐의 절반을 잡아치웠다.

살아남은 쥐들은 두려움에 떨었다.

"조심해. 이번에 온 고양이녀석, 보통이 아냐!"

쥐들은 함부로 설쳐대지도 못하고 굴 안에 숨어 있다가 고양이가 잠든 뒤에야 겨우 살금살금 기어나오곤 했다.

하지만 쥐들이 아무리 경각심을 높이고 서로를 엄호해줘도 쥐의 숫자는 시간이 지날수록 현저히 줄어들었다. 한번 밖으로 나간 쥐들이 다시 돌아오지 못했던 것이다. 쥐들은 속수무책으로 당하기만 했다. 그래서 결국에는 달랑 부부 쥐 두 마리만 남게 되었다.

얼마 후, 주린 배를 견디다 못한 남편쥐가 먼저 나가 동정을 살피기로 했고, 안전하다는 신호를 보내 아내쥐를 부르기로 했다.

남편쥐가 살금살금 기어나갔고, 아내쥐는 숨죽인 채 귀를 기울였다. 그리고 한참 만에 남편쥐의 목소리가 들려왔다.

"얼른 나와. 고양이 없어!"

그 소리에 안도한 아내쥐가 쪼르르 출구 쪽으로 달려나갔다.

그러나 굴 입구를 벗어나기가 무섭게 털이 보송보송한 손아귀에 덥석 붙잡히고 말았다. 눈을 떠보니 그 사나운 고양이였다.

아내쥐는 몸을 사시나무 떨듯 하면서도 도무지 이 상황을 믿을 수가 없었다. 그래서 죽기 전에 영문이나 알자고 고양이에게 물었다.

"우리 그이가 분명히 당신이 없다고 그랬는데……?"

그러자 고양이는 씩 웃으면서 쥐들의 언어로 이렇게 말해주었다.

"네 남편쥐는 진작에 내 뱃속으로 들어갔지. 방금 전 그 말은 사실 내가 했어. 지금은 시대가 시대이니만큼 최소 두 가지 언어는 마스터해야 살아남을 수 있거든!"

국제화시대에 꼭 필요한 것이 영어와 다른 문화를 이해하려는 열린 마음이다.

세상에는 우월한 문화도, 열등한 문화도 없다. 다만 살기 위해 적응한 다양한 문화가 있을 뿐이다.

크리스마스 트리와 일루미네이션

크리스마스를 맞아 거리가 온통 현란한 크리스마스 트리와 네온 간판 등으로 빛의 바다를 이루었다. 수많은 사람들이 활보하는 도로 양편에 늘어선 가로수들에도 오색찬란한 일루미네이션(Illumination)이 가득 걸려

• • •

한국 경제는 세계 기업과 세계 시장에서 경쟁해 밖의 부를 긁어들여야 한다. 그러므로 기업은 세계 시장에 나가 경쟁할 수 있는 힘을 가져야 한다. 누가 더 많은 개발투자를 할 수 있고, 누가 더 많은 인재를 양성할 수 있으며, 누가 보다 훌륭한 조직을 갖고 있느냐가 세계 시장에서 경쟁해 이길 수 있는 첫째 조건이다.

－정주영

아름다운 불꽃나무 숲을 이루었다.

하지만 그날따라 무척 우울해하는 사람이 있었다. 방금 전 친구들을 초대해 화려한 연회를 벌이고 난 에릭, 사실 그는 반년 전에 이미 사업에 실패했다. 하지만 애써 그 사실을 숨긴 채 여전히 돈을 뿌리고 다녔고, 사치스런 생활을 누렸으며 고급 승용차를 몰고 다녔다. 집 안에도 임대해온 가구들을 버젓이 진열해놓았다. 그리고 겨우 한 박스 남은 양주로 손님들을 접대했던 것이다. 손님들이 그 양주를 비울 때마다 에릭은 마치 자기 살점을 도려내는 것 같았다. 질탕 먹고 마시던 손님들이 떠나고, 이제 에릭은 완전히 거덜나버렸다. 그는 내일의 끼니를 걱정하고 있었고, 다시는 파티를 벌일 수 없다는 사실에 절망했다.

거리를 헤매던 에릭의 발걸음이 자신도 모르게 소꿉친구 이토의 집으로 향하고 있었다. 에릭이 한창 잘나가고 있을 때는 까마득히 잊고 있던 친구였다.

이토의 식구들은 에릭을 아주 따스하게 맞아주었다.

에릭이 취기 몽롱한 눈길로 이토를 보며 말했다

"이토, 지금도 날 이렇게 친절하게 대해주리라곤 상상도 못했네. 정말 면목없네. 난 내가 일단 파산을 선언하기만 하면 누구도 다시 나를 쳐다보지 않을 거라는 걸 잘 알고 있네. 저 거리에 서 있는 일루미네이션이 가득 걸린 가로수들처럼 말일세. 저 일루미네이션을 거둬들이면 아무도 다시 쳐다보지 않는 것처럼……."

"……."

이토는 말없이 에릭의 손을 이끌고 두 개의 크리스마스 트리가 있는 곳으로 갔다. 그리고 거기에 걸려 있는 일루미네이션들을 가리키며 말했다.

"이 반짝이는 일루미네이션들은 원래부터 이 소나무의 일부가 아니었네. 소나무가 얻은 것도 없는데 무얼 잃고 말고가 있겠나? 이 일루미네이션들은 사람들에게 아주 현란하고 아름다워 보이겠지만, 소나무 입장에서 볼 때는 아무런 도움도 안 되는 부담일 뿐이지. 오히려 일루미네이션의 칭얼거림을 참아내야 하고, 또 주야로 번쩍거리는 바람에 휴식도 취할 수 없는 고통을 견뎌내야 하지. 아마도 끝내는 일루미네이션들의 부대낌 때문에 말라죽게 될 거야. 이 친구, 에릭! 실패는 아무것도 아니야. 중요한 것은 그 쓸데없는 허영심 같은 걸 버리고 기운을 되찾은 다음 다시 시작하는 거야!"

"……!"

에릭은 친구 이토의 진심 어린 충고를 받아들였다. 그래서 모든 사치와 낭비벽을 버리고 작은 것부터 시작하여 착실하게 나아갔는데, 5년 후 재기에 성공하여 사람들의 부러움을 한 몸에 받았다.

그후 에릭은 크리스마스를 맞을 때마다 직원들에게 크리스마스 트리에 일루미네이션을 걸지 말라고 당부하는 걸 잊지 않았다.

자기에게 속하지 않는 현란한 물건들을 온몸 가득 치장한들 무슨 소용이랴?

 ## 뚜껑만 빼놓으면

한 고급 호텔에서는 손님들이 샤워를 하고 나서 샴푸를 통째로 가져가는 바람에 골머리를 앓았다. 그 문제를 해결하기 위해 지배인이 여러 가지 방법을 강구해보았지만, 손님들의 반감을 살 수 있는 것들이어서 실행할 수가 없었다.

이에 지배인이 혹시나 하는 마음에 탈의실 담당직원에게 무슨 묘안이 없겠느냐고 물어보았다.

"그런 거라면 걱정 없습니다. 다시는 가져가지 못할 겁니다!"

"?"

지배인이 뜨악한 표정을 짓자 그가 말했다.

"아주 간단합니다. 뚜껑만 빼놓으면 됩니다. 뚜껑 없는 샴푸를 누가 가져가겠습니까?"

조직 안에서 정보를 수집하다 보면 구성원들의 참여의식을 불러일으킬 수 있을 뿐만 아니라 회사 일에도 적극적인 자세를 갖게 될 것이다.

※ 이 샴푸는 뚜껑이 없으므로 한꺼번에 내용물이 밖으로 흘러나올 수 있음. 사용 시 주의할 것!

운 나쁜 농부

농부가 나귀 등에 올라타고, 염소를 뒤에 끌고 시장에 가게 되었다. 이 사실을 안 세 명의 사기꾼이 농부를 등쳐먹기로 하고 그 뒤를 따랐다.

첫 번째 사기꾼은 농부가 나귀 등에서 졸고 있는 틈을 노려 염소의 목에 달린 방울을 나귀 꼬리에 달아놓고 염소를 끌고 가버렸다.

한참 후 무심결에 뒤를 돌아본 농부는 염소가 없어진 사실을 알고 염소를 찾아 헤맸다. 이때 두 번째 사기꾼이 마주 오면서 물었다.

"뭘 찾고 있습니까?"

"예. 염소 한 마리를 잃어버렸는데, 혹 오면서 보지 못했소?"

그러자 사기꾼은 손가락으로 어느 한쪽을 가리키며 말했다.

"아까 어떤 사람이 저쪽으로 염소를 끌고 가더군요."

이에 농부는 부랴부랴 그쪽으로 쫓아가면서 나귀를 그 사내에게 맡겼다. 그리고 얼마 후 빈손으로 돌아왔을 때는 나귀와 그 사내가 보이지 않았다. 상심한 농부가 눈물을 쥐어짜면서 발길을 돌려 집으로 향했다.

농부가 강기슭에 도착했을 때였다. 어떤 사람이 자기보다 더 구슬프게 울고 있는 것이었다.

'저렇게 슬피 울다니, 나보다 더 재수 없는 사람도 있는 모양이군.'

농부가 그에게 다가가 무슨 일이냐고 묻자 사내는 이렇게 말해주었다. 자기는 금화 한 자루를 메고 장을 보러 가는 길이었는데, 물가에서 세수를 하다가 그만 금화주머니를 물 속에 빠뜨리고 말았다고.

농부가 의아해하며 말했다.

"그럼 들어가서 건지면 되지 않소?"

그러자 세 번째 사기꾼이 말했다.

"나는 헤엄을 칠 줄 모르오. 만약 댁이 내 금화주머니를 건져준다면 금화 50냥을 사례로 드리겠소."

그 말을 들은 농부는 무척 기뻤다.

'그래! 금화 50냥이면 그게 얼마야? 염소하고 나귀를 잃어버린 손해쯤이야 아무것도 아니지!'

농부는 그 즉시 옷가지를 벗어놓고 강물 속으로 들어갔다.

그리고 그가 아무것도 건지지 못한 채 물 밖으로 나왔을 때는 이미 옷가지와 그나마 갖고 있던 동전 몇 푼마저 사라지고 없었다.

일에 매달리다 보면 우리는 종종 하나를 생각하다 다른 하나를 잃는 경우가 많다.

무슨 일이든 다양한 방면에서 고려해야지 맹목적이어서는 안 된다. 자칫하다간 하나를 잃을 뿐만 아니라 둘 다 잃기 십상이다.

 # 도끼만 있으면

산아래 오지마을에 나무꾼이 살고 있었는데, 남들보다 열심히 일해서 마침내 나무집 한 채를 마련할 수 있었다.

그런데 어느 날 장에 나무를 한 짐 내다 팔고 돌아와보니 자기 집에서 불기둥이 치솟았다. 이웃들이 몰려와 불을 끄려 했지만 불길이 워낙 거세어 소용없었다. 사람들은 눈을 뜬 채로 집을 집어삼키는 화마를 지켜보아야 했다.

얼마 후, 불길이 저절로 잦아들자 나무꾼은 막대기 하나를 들고 무너진

집 안으로 들어가 뭔가를 찾기 시작했다. 모여 있던 사람들은 그가 소중한 물건을 찾고 있으리라 생각하고 호기심 가득한 눈길로 지켜보았다.

한참이 지나서 나무꾼이 희열에 들뜬 목소리로 소리쳤다.

"찾았어요! 찾았다고요!"

다들 무슨 희귀한 물건일까 궁금해하며 다가가보았다. 그런데 웬걸, 나무꾼의 손에 들려 있는 것은 자루가 다 타버린 도끼였다.

쉬쉬하는 소리와 함께 사람들은 뿔뿔이 흩어졌지만, 나무꾼은 전혀 의기소침해하지 않았다. 금세 도끼자루를 다시 박아넣은 나무꾼이 자신만만한 표정으로 말했다.

"이 도끼만 있으면 무서울 것 하나 없지, 암! 이것만 있으면 훨씬 더 튼튼하고 멋진 집을 지을 수 있는 걸 뭐!"

성공한 사람치고 넘어져보지 않은 사람은 없다. 넘어졌던 자리에서 일어나 다시 성공을 향해 꾸준히 걷기만 했을 뿐이다. 어제의 슬픔으로 해서 오늘의 발목을 잡게 하지 마라. 내일의 꿈이 오늘의 실의로 인해 암담해지게 하지 마라.

실패는 일시적인 것, 좌절과 대결하여 싸움을 계속하는 자가 성공한다.

꿀을 가진 나무

한 농부의 집 마당에 커다란 과일나무 한 그루가 서 있었다. 그런데 한 아름이나 되는 그 나무는 해가 바뀌어도 열매가 달리지 않았다. 대신 풍성한 나뭇가지 속에는 많은 참새들과 매미들이 살고 있었다.

농부는 화가 났다. 그 나무는 농부에게 어떤 경제적인 이익도 가져다주지 않았을 뿐더러 참새들이 시도 때도 없이 짹짹거렸고, 여름만 되면 매미들의 울음소리까지 귀를 따갑게 했다. 그래서 참다 못한 농부는 끝내 그 나무를 찍어버리기로 마음먹고 도끼를 집어들었다.

그런데 바로 그때 참새들이 간절히 애원했다.

"우리 나무를 베지 마세요! 둥지는 어떡하고 우리 아이들은 어떡하란 말입니까?"

매미도 거들었다.

"나무를 찍지 마세요! 우린 아무도 해치지 않았잖아요? 우린 다만 나뭇가지에 붙어 살면서 아름다운 여름을 노래했을 뿐이잖아요."

그러나 농부는 그 원망에 전혀 동요하지 않고 도끼를 휘둘러 나무를 찍기 시작했다.

그런데 그렇게 몇 번 찍었을 때였다. 나무가 부르르 몸을 떨더니 커다란 나무껍질 한 조각이 툭 떨어지면서 벌집이 드러났다. 그리고 꿀이 흘러나오면서 사방에 꿀 향기가 진동했다.

그것을 본 농부가 기뻐하며 들고 있던 도끼를 내팽개쳤다. 그리고 나무를 쓰러뜨리지 않은 것을 다행으로 여겼다. 꿀이 있는데 왜 나무를 찍어버린단 말인가!

하나의 문제를 바라보는 시각도 서로 다른 입장 때문에 달라 보일 수 있다. 때로는 아주 상식적인 일로도 남을 설득하기 힘들다. 그러나 이 설득력은 종종 뜻밖의 이익을 얻음으로써 극적으로 반전된다.

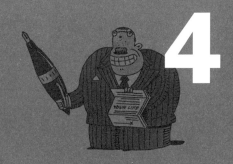

고양이와 쥐의 연맹

| 조직관리의 힘 |

조직 내부의 불화는 교활한 적들에게 기회를 만들어준다. 일치된 단합과 서로간의 믿음은 견고한 창과 방패가 되어 막강한 적수도 물리칠 수 있는 힘이 된다. 당신의 조직에는 당신뿐만 아니라 다른 이들이 많다. 진정한 팀원이란 '서로를 통해 나아갈 길을 찾고, 그 길에서 함께 만족을 누릴 수 있는 사람'이다. 팀원들이 가지고 있는 재능과 장점에 감사하자. 팀워크란 바로 여기서 비롯된다.

줄다리기 실험

프랑스의 과학자가 실험을 했는데 1인조, 2인조, 3인조, 그리고 8인조로 나누어 줄다리기를 시켰다.

그리고 감도가 뛰어난 계측기로 잡아당기는 힘을 측량했다. 그 결과 2인조가 잡아당기는 힘은 1인조가 잡아당길 때의 95퍼센트였고, 3인조는 1인조의 85퍼센트, 8인조는 1인조의 49퍼센트였다.

이 실험결과는 무엇을 뜻하는가?

실험결과 1 + 1〈2의 결과가 나오는데, 이것은 누군가 힘을 다하지 않았다는 것을 의미한다. 혼자일 때는 사력을 다하지만, 한 집단에 몸담으면 다른 사람에게 의지하는 것이다.

이것을 인력관리 차원에서 보면, 효과적인 격려제도가 한 사람의 잠재력을 제고할 수 있는 수단이라는 것을 입증한다.

오리자매의 다른 길

오리자매는 매일 아침마다 큰길을 따라 아장아장 걸어서 연못으로 향했다.

그러던 어느 날 언니오리가 말했다.

"우리 이제 이 길말고 다른 길로 다니는 게 좋겠어. 연못으로 통하는 길은 여기말고도 많을 거야."

그러자 동생오리가 볼멘소리로 대꾸했다.

"아니야, 난 싫어! 이 길이 얼마나 편하고 좋은데 왜 길을 바꾸자는 거야?"

그날 오리자매는 뜻밖에도 길가에서 늑대를 만났다.

"좋은 아침, 오리아가씨들. 연못에 가는구나?"

오리자매가 대수롭지 않게 대꾸했다.

"예, 우린 아침마다 이 길로 연못에 가거든요!"

"그래? 거참 재미있군."

늑대가 뾰족한 이빨을 드러내며 웃었다.

이튿날 아침, 언니오리가 말했다.

"오늘도 그 길로 가면 늑대를 만나게 될 거야. 난 늑대의 그 징그러운 표정이 싫어. 왠지 섬뜩한 느낌이 든단 말야. 그러니 오늘은 다른 길로 가자, 응?"

"언닌 참 바보같이! 내가 보기에 늑대는 신사처럼 보이던데. 어제도 친절하게 웃어줬잖아!"

하는 수 없이 오리자매는 그날도 그 길로 가게 되었는데, 과연 늑대가 그 자리에 있었다.

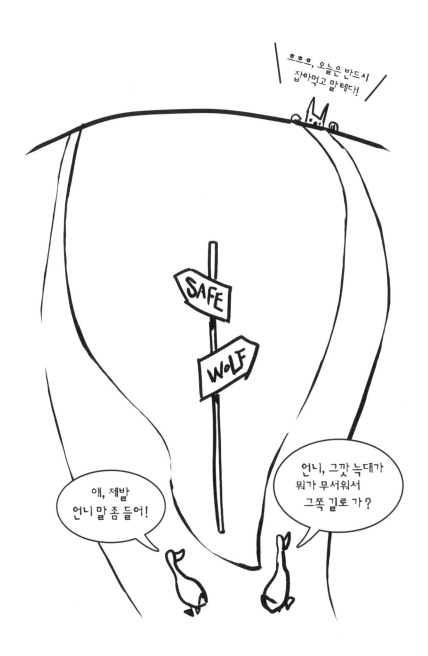

"귀여운 아가씨들! 이제 오는 거야?"

말을 마친 늑대는 그 즉시 오리자매를 덮치려 했다. 놀란 오리자매는 비명과 함께 날개를 퍼덕거리며 간신히 집으로 도망쳐왔다.

자매는 놀란 가슴이 진정되지 않아 그날 내내 집 밖으로 나오지 못했고, 이튿날이 되어서야 연못으로 통하는 새로운 길을 찾아나섰다.

축적된 기술 노하우와 시장 지배력으로 오랫동안 변함없는 경영방식을 고집할 수도 있다. 하지만 위기를 직감했을 때는 정확하게 그 흐름을 감지하고, 변화를 선택하는 결단이 필요하다.

상하이로 간 두 아들

중국 쓰촨성의 어느 소읍에 살고 있는 한 아버지가 두 아들에게 말했다.

"너희도 이제 성년이 됐으니 바깥세상을 좀 돌아보고 오너라!"

그래서 아버지의 말에 따라 형제는 곧장 상하이로 향했는데, 보름쯤 후 형이 먼저 돌아왔다.

"왜 벌써 돌아온 거냐?"

아버지의 물음에 큰아들이 대답했다.

"아버지, 거긴 물가가 엄청나게 비싸요. 물 한 모금을 마시려고 해도 돈을 내야 하니! 그렇게 야박한 세상에서 어떻게 살아요?"

그로부터 한 달쯤 후 둘째아들이 전화를 걸어왔다.

"여긴 정말 대단해요. 돈이 지천에 널려 있어요! 심지어 마시는 물도 돈벌이가 돼요! 아버지, 기다리지 마세요. 전 한동안 여기 좀 있어야겠어요!"

그로부터 수년 후, 둘째아들은 상하이에서도 알아주는 거부가 되었다. 생수시장을 독점해 엄청난 이득을 본 것이다.

기회란 상상력을 총동원하여 시장을 세심하게 관찰하고 분석할 줄 아는 사람들에게 찾아온다. 많은 성공인들은 일상의 사소한 것들에 대한 관찰과 연구를 게을리 하지 않았기에 훌륭한 기회를 잡을 수 있었다.

손무의 실천

『손자병법』으로 유명한 손무(孫武)는 종종 오(吳)나라 왕 합려(闔閭)를 만나 전술을 논했는데, 그 논리가 정연하고 흠잡을 데가 없었다.

하루는 오왕이 그에게 말했다.

"탁상공론만 잘해서야 무슨 소용이 있겠소? 어디 그 실력을 한번 봅시다!"

그러고는 그에게 비(妃)와 궁녀들을 훈련시켜보라는 매우 까다로운 주문을 했다.

이에 손무는 궁녀 백 명을 선발하고, 오왕이 총애하는 두 명의 비를 대장에 임명했다.

손무는 대열을 구성하고 훈련하는 요령을 아주 상세하게 설명해주었다. 하지만 정작 구령을 내리면 여자들은 키득키득 웃기만 할 뿐 도무지 영을 따르지 않았다. 이에 손무는 재차 요령을 설명해주고 나서 두 대장이 솔선수범을 보이라고 했다. 그러나 구령이 다시 떨어져도 궁녀들은 여전히 대수롭지 않게 여겼고, 대장 노릇을 하는 두 비는 허리까지 잡고 웃어댔다.

손무가 엄한 어조로 말했다.

"여기는 왕궁이 아니라 훈련장이고, 당신들은 궁녀가 아닌 군인이오! 내 구령은 엄연한 군령인데, 두 대장도 지휘를 듣지 않으니 이는 공공연히 군법을 어기는 거요. 군법에 따라 참수하겠소!"

말을 마친 손무는 무사를 시켜 두 비를 참수하라고 명했다.

"……!"

훈련장은 삽시간에 물을 뿌린 듯 조용해졌다.

겁을 잔뜩 집어먹은 궁녀들은 숨소리까지 죽였고, 손무가 다시 구령을 내리자 그들은 일치된 동작으로 따르기 시작했다.

얼마 후 손무가 오왕에게 사람을 보내 직접 나와 검열해보라고 하자, 총애하던 비를 잃고 상심해하던 오왕은 훈련장에 나가볼 생각이 없다며 손무에게 말을 전하라고 했다.

"군을 다스리는 선생의 도는 이미 충분히 검증하였소. 선생이 거느리는 군사는 군율이 엄격하니 싸움마다 승리할 것이라 믿어 의심치 않소."

기업 경영에서 규율은 매우 중요하다. 회사에 관리제도와 기강이 엄격하지 않고, 지시가 떨어지면 무조건 실천하는 규율이 없다면 큰 문제가 아닐 수 없다.

역사상 많은 기업들이 창업자가 세워놓은 기틀 위에 후대가 점점 확장해나가는 과정에서 규율과 기강을 소홀히 했기 때문에 결국 붕괴되고 말았다.

프랑스 상선의 무역

프랑스 상선 한 척이 5만 파운드어치의 화물을 신고 미국 루이지애나 주의 뉴올리언스로 향했다. 상선은 그로부터 보름 후 1만7천 파운드의 차익을 벌어들였는데, 상인은 그 중 6만7천 파운드로 현지의 토산품들을 사서 프랑스로 신고 와 팔았다.

위의 사항들은 프랑스 세관 장부에 기록된다. 5만 파운드를 수출하고 6만7천 파운드를 수입했으니 1만7천 파운드라는 대외적자가 발생했기 때문이다.

몇 달 후 상인은 또다시 5만 파운드어치의 화물을 신고 뉴올리언스로 향하던 중 불행하게도 공해상에서 큰 풍랑을 만나 배가 침몰하는 바람에 막대한 손실을 입었다.

그러나 프랑스 세관 장부에는 5만 파운드의 잉여수입으로 기록되었다. 뿐만 아니라 프랑스 선박회사는 새로운 선박 주문까지 받게 되었고, 따라서 취업률도 증가되었다.

경제학자들의 대차대조표는 단일 상인의 계산법과 다르다. 국가는 수치상 이익을 얻지만, 상인은 막대한 손실을 입는 경우도 있다. 따라서 국가의 경제성장과 기업의 발전·성장 또한 동일 개념이 될 수 없다. 기업에서 중시할 것은 국가 전체의 수치가 아니라 기업 자체의 이익과 성장이다.

 # 빈 자루

빈 자루가 하나 있었다.

빈 자루는 주위에 배가 불룩해서 서 있는 동료 자루들이 무척 부러웠다.

"나도 어서 일어서야지!"

빈 자루는 '끙' 하고 있는 힘을 다해 몸을 일으키며 동료들에게 물었다.

"나 어때? 나도 일어섰지?"

"아니!"

빈 자루는 다시 한 번 안간힘을 썼다.

"지금은?"

"원래대로야."

"다시 한 번 봐봐! 자, 이젠 일어섰지?"

빈 자루는 젖 먹던 힘까지 다해 몸을 들춰대고 물었지만, 돌아오는 대답

150

은 실망스러울 뿐이었다.

"안 됐다니까! 넌 여전히 바닥에 축 늘어져 있다고!"

빈 자루가 땅이 꺼져라 한숨을 내쉬며 말했다.

"참 이상하네? 너흰 모두 별 힘도 안 들이고 그렇게 서 있는데, 왜 난 죽도록 힘을 써도 일어설 수 없는 거지?"

그러자 참다 못한 동료 자루 하나가 빈 자루를 면박 주었다.

"속이 텅 비었으면서도 물건 담는 건 싫어하니 무슨 수로 설 수가 있니? 제발 주제파악 좀 해라!"

어떤 일의 성공은 결코 하늘에서 거저 떨어지는 것이 아니다. 지혜와 예민한 관찰력, 세밀한 분석력 등이 두루 필요하다. 그리고 이런 것들은 충분한 학습과 노력을 통해 머리를 충실히 하는 데서 얻어진다.

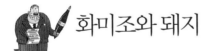

화미조와 돼지

화미조(畵眉鳥, 두루미목의 새. 이마와 날개, 꽁지는 감람색이고 머리는 붉은 갈색을 띠고, 머리부터 목까지 검은 점이 있으며, 눈 가장자리에 길고 흰 무늬가 있음. 중국이 원산지로, 우는 소리가 고움)가 나뭇가지에 내려앉아 신나게 노래를 불렀지만, 저쪽 돼지 우리 안에 사는 돼지들의 반응은 무덤덤하기만 했다.

화미조는 서운한 생각이 들었다. 그래서 자신의 청아한 목소리를 버리고 돼지 먹따는 소리를 모방해 노래 연습을 했다. 그 결과 몇 달 뒤에는 정말로 돼지 먹따는 소리로 노래를 부를 수 있었다. 화미조가 다시 돼지 우리를 찾아가 노래를 불렀는데, 돼지들의 열렬한 환호와 함께 후한 격려금까지 받았다.

자신의 지위가 한층 높아졌다고 생각한 화미조는 숲 속에서 우짖는 자기 동족들의 노랫소리를 들을 때마다 이렇게 코웃음치곤 했다.

"쳇, 촌놈들은 정말 어쩔 수가 없다니까! 산 속에만 처박혀 있고, 무대 에도 오를 수 없잖아?"

기업의 진정한 목적은 모든 고객의 삶의 질을 향상시키는 제품과 서비스 를 만들어내는 것이다.

고객의 수요에 맞게 적절히 대응하는 것도 중요하지만, 눈앞의 이익을 위 해 가짜 저질상품을 시장에 내놓는다면 비난과 함께 퇴출대상이 된다.

사자의 계략

덩치가 건장한 소 네 마리가 동맹을 맺고 아주 친하게 지냈는데, 초원 어디를 가나 서로 돕고 의지하며 항상 그림자처럼 붙어다녔다.

그 소들 근처에는 사자 한 마리가 살고 있었는데, 소들을 잡아먹으려고 호시탐탐 기회를 노렸지만 그들이 항상 붙어다니는 통에 전혀 손을 쓰지 못했다. 자기보다 덩치가 큰 소를 한번에 네 마리나 상대한다는 것은 도 저히 불가능한 일이었다.

그런데 오랫동안 머리를 쥐어짜던 사자에게 끝내 한 가지 계책이 떠올랐 다.

사자는 그날부터 소 네 마리를 제각각 찾아다니며, 다른 소들이 뒤에서 흉보더라고 유언비어를 퍼뜨렸다. 그러자 얼마 안 되어 소들은 저마다 서로를 의심하기 시작했다.

사자는 계속해서 상대방에 대한 거짓 정보를 흘렸고, 그렇게 다정하고 의좋던 소들이 이젠 툭하면 얼굴을 붉히고 서로를 불신했으며, 냉담해져서 말조차 하지 않았다. 결국 소들은 아무것도 아닌 일로 서로 티격태격하다가 뿔뿔이 제 갈 길로 가버렸다.

사자가 그 기회를 놓칠 리 없었다. '이때다!' 하고 뿔뿔이 흩어진 소 네 마리를 하나씩 잡아먹었다.

조직 내부의 불화는 교활한 적들에게 기회를 만들어준다.

일치된 단합과 서로간의 믿음은 견고한 창과 방패가 되어 막강한 적수도 물리칠 수 있는 힘이 된다.

당신의 조직에는 당신뿐만 아니라 다른 이들이 많다. 진정한 팀원이란 '서로를 통해 나아갈 길을 찾고, 그 길에서 함께 만족을 누릴 수 있는 사람'이다. 팀원들이 가지고 있는 재능과 장점에 감사하자. 팀워크란 바로 여기서 비롯된다.

 여우의 반격

늙은 사자가 병이 들자, 여우를 제외한 숲 속의 모든 동물들이 문병을 왔다. 그런데 평소 여우에게 감정이 많았던 늑대가 험담을 늘어놓았다. "여우는 대왕님을 존경하지 않고 있습니다. 오늘 문병에 빠진 것만 봐도 그렇지요!"

때마침 동굴로 들어오던 여우가 그 소리를 들었다. 늑대의 말을 듣고 난 사자가 으르렁거리며 여우를 노려보았다.

여우가 눈치를 살피다가 간신히 변명할 기회를 얻었다.

"사실, 여기 모인 동물들 가운데 누가 저만큼 대왕님을 위해 수고를 했습니까? 저는 대왕님께서 앓아 누우셨다는 소리를 듣고 밤낮으로 의사를 찾아다녔습니다. 그래서 결국 한 가지 방법을 알아냈고요……."

여우의 말에 사자의 귀가 번쩍 들렸다.

"그게 정말이냐? 그래, 어떻게 하면 병이 치료된다고 하던가?"

여우가 말했다.

"살아 있는 늑대의 가죽을 벗겨서 온기가 있을 때 그것으로 환자의 몸을 덮어야 합니다."

그 말을 들은 늑대는 모골이 송연해졌고, 사자의 시선이 천천히 늑대 쪽으로 향했다.

하나의 기업은 세상의 축소판이라 할 수 있다. 회사 내에서 서로 헐뜯고 싸우다 보면 어느 개인만 손해를 보는 것이 아니라 기업 전체가 생기를 잃고 만다.

 최후의 승자

A는 살이 포동포동한 양들을 길렀고, B는 비루먹은 소들을 길렀다. 하지만 C는 아무것도 기르지 않았다.

하루는 빈털터리 C가 A를 찾아가 말했다.

"당신의 양 다섯 마리를 소 한 마리와 바꾸지 않겠소?"

그 말에 A는 흔쾌히 동의했다.

C가 이번에는 B를 찾아가 말했다.

"내가 포동포동 살찐 양 두 마리를 줄 테니 당신의 소 한 마리를 주겠소?"

B도 흔쾌히 대답했다.

그렇게 몇 번 바꾸고 나자 A는 소를 기르게 되었고, B는 양을 기르게 되었으며, C는 소와 양을 모두 기르게 되었다.

그리고 훗날 A와 B는 양도 소도 모두 잃게 되었고, C는 소도 양도 다 가지게 되었다.

거래의 기본 원칙은 등가교환이다.

C는 시장경제의 원칙과 정보를 충분히 이용함으로써 맨손으로 출발하여 최후의 승자가 되었다.

 개와 당나귀

어떤 사람이 당나귀를 타고 개를 길잡이로 하여 길을 떠났다.

한참 후 일행은 잠시 길가에서 쉬게 되었는데, 당나귀는 그 기회를 놓칠세라 열심히 풀을 뜯어먹었다.

맛나게 먹는 당나귀를 보자 개도 배가 고파졌다.

"어이, 친구! 잠깐만 엎드려줄래? 네 등짐에서 빵 한 조각 꺼내먹게."

하지만 당나귀는 개의 부탁을 들어주지 않았다.

"친구야, 내 생각엔 주인이 깨어나기를 기다려보는 게 좋을 것 같아."

그러고는 풀 뜯기에만 여념이 없었다.

그때, 산에서 갑자기 늑대 한 마리가 달려들었다.

덜컥 겁이 난 당나귀는 어서 늑대를 쫓아달라고 개에게 부탁했지만, 바닥에 드러누운 개는 일어날 생각조차 하지 않고 이렇게 말했다.

"친구야, 내 생각엔 먼저 늑대를 피해 도망갔다가 주인이 깨어난 다음에 돌아오는 게 좋을 것 같아! 어서 달아나라고, 이 친구야!"

개가 그렇게 흥얼거리는 사이에 늑대는 이미 당나귀를 덮쳐버렸다.

힘을 합친 두 사람은 흩어진 열 사람보다 낫다.

기업이란 서로 협력하며 돌아가는 조직이다. 부서간에 서로 화합하고 단결해야만 힘을 발휘한다.

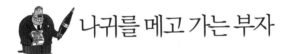

나귀를 메고 가는 부자

노인과 어린 아들이 나귀를 팔러 시장에 가게 되었다.

부자는 얼마 안 가서 우물가에서 자기들을 보고 떠들어대는 아낙들을 보았다.

그 중 한 아낙이 소리쳤다.

"저것 좀 봐. 세상에 나귀를 타지도 않고 둘 다 걷고 있잖아? 참 나, 별 멍청한 꼴 다 보겠네!"

그 말을 들은 노인은 얼른 아들을 안아서 나귀 등에 태우고 자기는 그 곁에서 걸었다.

그런데 길을 가던 다른 노인이 혀를 차며 말했다.

"요즘 젊은것들은 정말 예의가 없군! 아, 늙은 아비를 걷게 하고 제 놈이 버젓이 나귀를 타고 가다니!"

그 말을 들은 노인은 하는 수 없이 아들을 내려 걷게 하고 자기가 나귀 등에 올라탔다.

그렇게 한참을 가다가 또다시 한 무리의 아낙들과 마주쳤는데, 그들을 보고 한심하다는 듯이 빈정거렸다.

"세상에 한심한 아비도 다 있네. 어찌 불쌍한 아들을 걷게 하고 자기가 버젓이 나귀를 타고 갈 수 있단 말인가. 저것 봐, 애가 따라가지도 못하고 있잖아?"

순간, 당황한 노인이 냉큼 아들을 들어올려 자기 앞에 태웠다.

이윽고 그들은 장터가 있는 성문 어귀에 도착했다.

한 사람이 노인에게 물었다.

"영감님, 그 나귀 당신 나귀 맞습니까?"

"그렇소만?"

"오, 이렇게 나귀 타는 주인은 처음 보네요. 나귀가 두 사람 몸무게를 감당이나 하겠어요? 금방이라도 나귀가 주저앉고 말 것 같네!"

그 말에 부자는 냉큼 나귀 등에서 내려 어찌할 바를 몰라했다.

한참 고심한 끝에 노인은 이제 유일한 방법은 나귀의 네 다리를 긴 장대에 묶어서 메고 가는 수밖에 없다고 생각했다. 부자는 한참 동안 실랑이를 하며 나귀를 묶은 장대를 어깨에 걸치고 길을 재촉했다.

성문 앞 다리를 지날 때 그 해괴한 모습을 본 사람들이 부자를 에워싸고 폭소를 터뜨렸다. 이에 거꾸로 매달려가느라 어지간히 화가 났던 나귀가 버둥대다가 장대를 벗어나 다리 아래로 떨어지고 말았다.

그제야 노인은 한 가지 도리를 깨달았다. 누구나 다 만족시키려다간 결국 아무도 만족시킬 수 없다는 사실을!

독립적인 사고가 불가능한 사람은 노인처럼 수시로 주위 사람들의 의견에 흔들리며 자기 주관을 잃게 된다.

다른 사람의 의견을 듣는 행위는 물론 옳다. 하지만 줏대 없이 남의 말에 맹종하고 자기 판단을 상실하여 웃음거리가 되어서는 안 된다. 자칫 잘못하면 피곤해질 뿐더러 많은 기회를 상실하게 되고, 자기 본성을 잃을 수도 있다.

자신이 옳다고 생각되는 일을 하고, 되고 싶은 사람이 되어라. 그것이 실패든 성공이든 당신은 비할 데 없는 성취감과 자긍심을 얻게 될 것이다.

토끼를 먹는 법

형제가 함께 사냥을 나갔다가 토끼 한 마리를 발견했다.

형이 활시위를 당기며 말했다.

"우리 저놈을 잡아서 삶아먹도록 하자!"

하지만 동생은 고개를 가로저으며 말했다.

"꿩은 삶아먹는 게 좋지만, 토끼는 구워먹는 게 더 맛있어!"

"삶아먹어야 맛있다니까!"

"아냐, 구워먹는 게 더 낫다고!"

둘은 서로 자기가 옳다며 옥신각신했지만 결론을 내리지 못했다. 그래서 근처에서 밭을 매고 있는 농부를 찾아가 의견을 듣기로 했다.

그러자 형제의 말을 다 듣고 난 농부는 아주 그럴싸한 제안을 했다. 토끼를 갈라서 반은 삶아먹고 반은 구워먹으면 되지 않느냐고.

농부의 말이 일리가 있다고 생각한 형제는 둘 다 수긍했다. 그러고 나서 다시 토끼를 찾아보았지만, 토끼는 이미 그림자도 보이지 않았다.

일에는 순서가 있다. 중요함과 시급한 것, 천천히 처리해도 되는 것은 구분할 줄 알아야 한다. 당장 급하지도 않은 일에 매달리다간 기회만 놓칠 뿐이다.

 # 편작의 의술

문왕(文王)이 명의 편작(編鵲)에게 물었다.

"당신네 형제들은 세 사람 다 의술에 정통한 줄로 아는데, 대체 누가 가장 고명한가?"

편작이 일말의 주저함도 없이 대답했다.

"제 맏형의 의술이 가장 뛰어나고, 둘째가 그 다음이며, 소인이 제일 낮습니다."

문왕이 다시 물었다.

"그런데 사실은 자네의 명성이 가장 높지 않은가?"

편작이 대답했다.

"맏형이 병을 고치는 것은 병세가 발작하기 전이므로 사람들은 그가 사전에 병의 근원을 제거한다는 것을 모르기 때문이요, 둘째형은 병의 초기에 잡으므로 사람들은 그가 사소한 병들만 치료하는 줄로 알고 있기 때문에 명성이 높지 않은 것입니다. 하지만 소인은 병세가 엄중할 때 치유하므로 사람들은 제가 나쁜 피를 뽑고 살갗에 뜸을 들이는 등 큰 수술을 하는 걸 보아서 소인의 의술이 제일 나은 줄 알고 있는 것입니다."

사후에 처리하는 것은 사중에 처리하는 것만 못하고, 사중 처리는 사전에 처리하는 것만 못하다.

그런데 대다수의 경영자들은 이것을 알지 못한다. 잘못된 결론이 막대한 손실을 빚어낸 뒤에야 미봉책을 찾아 헤매는데, 그때는 아무리 좋은 대책을 세워도 손실을 막기 힘들다.

 # 진실한 말

배부른 늑대가 길을 가다가 양 한 마리와 마주쳤다. 그러자 늑대를 본 양은 너무 놀란 나머지 그만 정신을 잃고 말았다.

"어이, 이봐!"

늑대가 양을 흔들어 깨워놓고 말했다.

"그렇게 너무 겁먹지 말라고. 내 자네가 진실한 말 세 마디만 하면 자네를 그냥 보내줌세."

그래서 양은 이렇게 세 마디를 했다.

"첫째, 늑대를 만나지 말았으면 좋겠다. 둘째, 늑대를 만났을 경우 그 늑대가 눈먼 늑대였으면 좋겠다. 셋째, 세상의 모든 늑대가 죄다 죽어버렸으면 좋겠다……!"

그러고 나서 양이 덧붙였다.

"우린 늑대에게 아무런 악의도 없지만, 늑대들은 우릴 무작정 해치고 잡아먹으려 하기 때문입니다."

그 말이 모두 진실임을 알고 있던 늑대는 약속대로 양을 풀어주었다.

말단직원들은 회사 임원이나 사장을 만나면 항상 자신감 없어하고, 눈 밖에 날까봐 지레 겁부터 집어먹는다. 오히려 그 우연한 만남을 기회로 여기고, 평소 자기가 하고 싶었던 의견을 내놓아 그로 하여금 상황을 인식하게 하고 해결할 수 있게 한다면 인정받게 된다. 진리는 가끔 원수도 감동시키는 법이니까.

 # 진실을 보는 혜안

한 백정이 평소 사람을 오해하는 버릇 때문에 여러 사람들로부터 미움을 샀다. 그래서 하루는 신을 찾아가, 자기에게 진실을 볼 줄 아는 혜안을 내려달라고 부탁했다.

신이 백정에게 말했다.

"미심쩍은 일이 생길 때마다 섣부른 판단으로 경거망동하지 말고, 먼저 앞으로 일곱 걸음 다가갔다가 다시 뒤로 일곱 걸음 물러서기를 세 번만 반복해보게나. 그러면 혜안이 생길 것인즉!"

그날 밤 늦게야 집으로 돌아온 백정은 어렴풋이 여편네가 다른 사람과 한 이불 속에서 자고 있는 모습을 보았다.

'감히 나를 배신하다니, 이런 짐승만도 못한……!'

순간적으로 화가 치민 백정은 냉큼 칼을 뽑아들고 뛰어들려다가 잠시 주춤했다.

'……아까 낮에 신께서 가르쳐주신 혜안을 지금 시험해보는 것도 낭패될 일은 아니겠지?'

그래서 백정은 마음을 가라앉히고 앞으로 일곱 걸음 다가섰다가 뒤로 일곱 걸음 물러서기를 세 차례 반복하고 나서 등잔 심지를 밝혔다. 그러자 아내 곁에 누워 있던 노모가 부스스 깨어나며 몸을 일으켰다.

그제야 진상을 알게 된 백정이 탄식했다.

"오, 정말 소중한 혜안이로군!"

무슨 일이든 심사숙고한 뒤에 결정해야 한다. 이는 사업에 있어서 가장 큰 지혜다.

심리학에서는, 사람들이 화를 내고 다투고 감정적으로 처신하는 등의 행위는 모두 감정이 이성을 초월하기 때문이라고 한다. 이성을 잃고 일시적인 충동에서 비롯된 행위는 그 결과를 장담할 수 없다.

수레의 두 바퀴처럼 행동과 지혜를 갖추도록 하라. 그러면 새의 두 날개처럼 나에게 이롭고 남도 도울 수 있을 것이다.

1분, 1달러

스스로 명석하다고 자부하는 아이가 하느님께 물었다.

"하느님께 1만 년이란 세월은 얼마만한 시간에 해당하죠?"

"1분에 불과하지."

아이가 재차 물었다.

"그럼 백만 달러는 하느님께 얼마만한 액수죠?"

"음, 1달러 정도 되겠지."

아이가 좋아라 손뼉을 치며 말했다.

"그럼 하느님께서 저한테 백만 달러만 주실 수 있나요?"

하느님이 흔쾌히 대답했다.

"그런 정도라면 얼마든지! 단, 네가 1분을 기다릴 수 있을지 모르겠구나?"

세상에 공짜는 없는 법, 뭔가를 얻으려면 그만한 시간과 노력을 기울여야한다. 당장에 뭘 얻고자 하는 행위는 투기에 불과하다.

뭔가에 대한 확신으로 투자하는 것도 중요하지만, 그후의 인내와 끈기 역시 필수불가결하다.

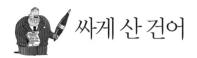# 싸게 산 건어

멀리 남쪽으로 여행을 떠나게 된 가마우지에게 한 가지 걱정거리가 생겼다. 여태 저장해두었던 건어들을 어찌할 방법이 없었던 것이다. 아쉽지만 모두 싼값에 처분해버릴 수밖에 없었다.

그 소식을 전해들은 꼬마사슴이 가마우지의 집으로 가보았다. 이미 수달과 오리, 고양이들까지 와서 건어들을 마구 사들이는 것이었다. 그것을 본 꼬마사슴은 자기도 욕심이 나서 엄마가 건초를 사라고 준 돈으로 건어를 구입했다.

건어물을 한 보따리 가득 짊어진 꼬마사슴은 의기양양해서 집으로 돌아갔다. 엄마가 칭찬해줄 거라고 상상하면서.

그런데 엄마사슴은 깜짝 놀라는 표정으로 이렇게 묻는 것이었다.

"어쩌자고 이렇게 많은 건어들을 산 거니?"

꼬마사슴이 자랑스레 대답했다.

"엄청 싸게 파는데 이런 기회도 드물잖아요?"

그러고는 득의양양 깐죽거렸다.

"내가 워낙 빨리 움직였으니 망정이지 조금만 늦었어도 건어 꼬리 하나 못 건졌을 거예요."

그러자 엄마사슴은 수심 가득한 얼굴로 꼬마사슴에게 말했다.

"이 미련한 것아, 싸다고 욕심만 부리다가 가장 기본이 되는 상식마저 잊어버렸구나! 우리 사슴이 언제 건어를 먹고 살았다고……!"

충동구매의 폐단을 이야기하고 있지만, '기회' 앞에서도 사람들은 흔히 비슷한 양상을 보인다. 무엇이든 닥치는 대로 잡다 보니 진정한 기회가 찾아왔을 때 그것을 붙잡을 손이 없게 되는 것이다.

판단은 어렵고, 기회는 순간적이다.

올빼미 울음소리

황급히 어디론가 향하는 올빼미를 본 산비둘기가 물었다.

"어딜 그렇게 급히 가는 거야?"

"어, 아무래도 다른 곳으로 좀 옮겨가 살아보려고."

"왜 갑자기 이사를 하는데?"

올빼미가 말했다.

"휴, 말도 마. 이 동네 사람들 모두 내 울음소리를 싫어해. 어린애들까지 나만 보면 새총질을 해대니, 어디 살겠어?"

산비둘기가 말했다.

"사람들이 자네 울음소리를 듣기 싫어하는 건 사실이야. 그러면 그 울음소리를 고쳐야지, 그대로 어딜 간들 환영받겠어?"

본질적인 문제를 찾아야지, 형식적인 것들에 매달려서는 아무 소용없다.

조직 내에도 이런 부류가 있다. 자신의 결함은 고치려 하지 않고 회사가 넉넉한 환경을 만들어주지 못한다고 불평하는 사람들…….

어려운 환경에서 살아남고 남들보다 앞서려면 자신에 대한 확고한 신념이 있어야 한다. 거센 돌풍에도 버텨낼 수 있어야 한다. 보통의 재주밖에 없지만 엄청난 내적 동력을 가진 사람이 천부적인 재능을 타고난 사람보다 훨씬 멀리 가는 것도 그 때문이다.

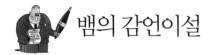

뱀의 감언이설

벌새가 장미꽃밭에서 놀고 있는데, 뱀이 스르르 다가와 자기가 썼다는 논문을 읽어주었다. 자기가 벌새와 동류라고 주장하는 억지논문이었다. 논문을 살펴보면 이랬다.

1. 뱀 알은 원래 벌새 알과 나란히 놓여 있었다. 즉 우리는 고향이 같다.
2. 뱀과 벌새는 똑같이 태양의 양기를 받고 부화한다. 즉 우리는 같은 조상신을 모신다.
3. 우리는 모두 밤에 노래 부르기를 좋아한다. 그리고 그 목소리도 매우 흡사하다. (뱀의 관점에서 볼 때)
4. 우리는 모두 장미꽃밭에서 놀기를 좋아한다.
5. 우리는 모두 겨울이나 눈을 좋아하지 않는다.

그렇게 죽 나열되는 뱀의 주장에 벌새가 귀찮다는 듯이 말했다.
"됐어! 설사 그런 식으로 백 가지의 확실한 논거들을 찾아낸다 해도 네가 벌새가 아닌 뱀이라는 것을 부인할 수는 없잖아!"
벌새의 핀잔에도 뱀은 꺾일 줄 몰랐다. 또 다른 논문을 꺼내들고 자기는 뱀이 아니며, 다른 뱀들이 절대 자신과 동류가 아니라는 논거들을 나열했다. 첫째, 내 무늬는 다른 뱀들과 다르다. 둘째, 내 크기도 다른 뱀들과 다르다. 셋째, 내 생김새 역시 다르다. 넷째, 취미도 다르다…….
그 즈음 듣다 지친 벌새는 장미꽃잎에 턱을 괴고 졸다가 스르르 잠이 들었다. 그러자 뱀은 기다렸다는 듯이 벌새를 한 입에 꿀꺽 삼켜버렸다.

상대방의 감언이설이나 경쟁기업의 유언비어는 리더나 기업으로 하여금 경계심을 늦추게 하고 함정에 빠뜨릴 위험성이 크다.

명석한 두뇌로 자신을 바로 보고 경쟁상대의 악의적인 시도를 간파할 줄 알아야 한다.

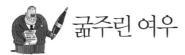 # 굶주린 여우

어린 여우가 늙은 여우에게 불평을 털어놓았다.

"전 정말 운도 없어요! 그렇게 머리를 쥐어짜서 만들어낸 전술이 왜 그런지 하나도 성공하지 못한다니까요!"

늙은 여우가 물었다.

"근데, 한 가지만 물어보자. 넌 어떤 때에 그런 전술을 생각하지?"

어린 여우가 대답했다.

"언제긴요, 배고플 때죠!"

늙은 여우가 빙그레 웃으며 말해주었다.

"그래, 문제는 거기에 있구나. 굶주림과 치밀한 계획은 결코 한 곳에 모일 수 없는 법이지. 앞으로 어떤 전술을 짜려거든 배가 부르고 여유가 있을 때 구상해보거라. 그래야 좋은 결과가 있을 거야."

다른 사람보다 뛰어나려면 다른 사람이 아직 손대지 않은 일을 시작하라.

그런데, 그 일을 하루아침에 이루려고 조급하게 서두르는 것은 잘못이다.

꾸준히 노력하고 수양을 쌓아야 한다. 이상한 취미나 습관을 지닌다고 해서 되는 것은 아니다. 나무가 클수록 뿌리가 깊듯이, 모든 위대한 과업은 오랜 기간의 준비가 필요하다. 어떤 생각 한 가지가 단번에 큰 성과를 거두는 것은 아니다.

 # 원숭이의 칼 갈기

원숭이가 우연히 칼 한 자루를 주웠는데, 칼이 너무 무뎌서 나뭇가지도 찍을 수 없었다. 그래서 나무꾼을 찾아가 칼을 어떻게 갈면 되느냐고 물었다.

나무꾼이 말했다.

"칼을 어떻게 가냐고? 글쎄, 난 그냥 돌에다 가는데."

"그냥 돌에다 갈면 돼요?"

"그래. 갈면 돼."

원숭이는 곧바로 커다란 돌에 대고 칼을 갈기 시작했다.

갈고 또 갈고 나니 처음에는 가늘던 칼날이 칼등만큼 두툼해졌다. 그걸로 나무를 찍으니 갈기 전보다도 더 무딘 것은 당연한 일이었다.

"휴, 나무꾼이 시키는 대로 했건만 왜 이 모양이지? 그 사람 말이 맞다면 이 칼에 문제가 있는 거야!"

갈던 칼을 집어던지며 원숭이가 내린 결론이었다.

회사의 안정적인 운영을 위해서는 축적된 경험도 필요하고 벤치마킹할 모델도 필요하다. 하지만 그 모든 것이 자기 기업의 현실과 맞아야 한다.

 두 보습

한 공장에서 똑같은 철로 만들어진 보습 두 개가 있었다. 그 중 하나는 농부에게 팔려가 밭을 가는 데 쓰였고, 다른 하나는 일하는 게 싫어서 잡초더미에 몸을 숨겼다.

어느 날 광채가 번뜩이는 보습이 잡초로 뒤덮인 땅을 갈다가 그 속에 숨어 있던 보습을 만나게 되었다. 농부의 손에 잘 다스려진 보습은 눈부시게 광채가 감돌아 공장에서 나올 때보다도 빛났지만, 아무 일도 하지 않은 채 잡초더미 속에 숨어 있던 보습은 광채는커녕 녹만 잔뜩 슬어 있었다.

녹슨 보습이 물었다.

"넌 어떻게 그렇게 반짝이고 날이 서게 된 거지?"

"일을 해서 이렇게 된 거야."

광채 나는 보습이 말했다.

"네가 녹이 슬고 옛날보다 보기 흉해진 건 오랫동안 잠만 자고 아무 일도 하지 않았기 때문이지."

그 말이 떨어지기가 무섭게 광채 나는 보습의 예리한 날이 녹슨 보습의 허리를 뭉텅 자르고 지나가버렸다.

사람의 몸은 단련할수록 강해지고, 머리는 사고를 거듭할수록 영악해진다. 평범하거나 그 이하의 비루한 삶을 살고 싶지 않거든 부지런한 보습처럼 부단히 자신을 갈고 닦아 예리한 날을 세워야 한다.

 ## 소들의 싸움

수소 두 마리가 암소 한 마리를 두고 다투고 있었다.

멀리서 그 광경을 지켜보던 개구리 한 마리가 한숨을 길게 내쉬었다. 그러자 가까이 있던 개구리가 이상하다는 듯 물었다.

"소들끼리 싸우는데 너랑 무슨 상관이 있어?"

"참 답답하군! 정말 그 이유를 몰라서 그러는 거야?"

"?"

개구리가 말했다.

"싸움의 결과는 어쨌든 한쪽이 지는 거잖아? 패한 수소가 들판에서 쫓겨나면 우리가 사는 이 갈대밭으로 와 우릴 짓밟을 게 뻔하잖아!"

과연 얼마 지나지 않아 싸움에서 패한 수소가 갈대밭으로 밀려났는데,

으랏차차!!

시시각각 변화하는 주변환경에도
민감하게 대처할 줄 알아야 한다.

개구리들의 피해가 막심했다. 한 시간도 안 되는 사이에 무려 30마리의 개구리가 깔려죽은 것이다.

기업간의 경쟁은 절대 그들만의 전쟁이 아니다.
큰 기업이 치열하게 경쟁할 경우, 그 결과는 그들과 관련된 수많은 중소기업들에게 막대한 영향을 끼친다.

 # 불상과 받침돌

명망 있는 조각가가 불상을 만들기 위해 질 좋은 석재 하나를 골랐다. 그런데 칼로 선을 몇 번 긋는데도 그 돌은 아프다고 난리였다.
"아파죽겠어요. 제발 절 좀 그만 내버려두세요!"
그 말을 들은 조각가는 하는 수 없이 동작을 멈추었다. 그러고는 그 돌을 내버려둔 채 그보다 질이 조금 떨어지는 돌을 골라냈다.
그 돌은 칼로 깎아내고 끌이 파고들어도 이를 악물고 잘 참아냈다. 그래서 조각가의 정교한 손재주에 의해 훌륭한 불상으로 재창조되었다. 그 불상은 곧 어느 명찰에 안치되었는데, 사람들 모두 세상에서 보기 드문 걸작이라고 찬사를 아끼지 않았고 불상을 찾아와 불공드리는 사람의 발길도 그칠 날이 없었다.
한편, 아픔을 견디지 못하고 버려진 첫 번째 돌은 폐기물 취급을 받아 그 사찰로 올라가는 계단 바로 아래에 깔리게 되었다. 매일같이 수많은 행인들과 수레바퀴가 짓밟고 지나갔고, 모진 비바람 세례도 고스란히 받아야 했기에 고통이 이루 말할 수가 없었다.

자신의 처지가 보통 불만이 아니었던 그 돌이 공연히 불상에게 분풀이를 했다.

"넌 자질도 나만 못한 것이 어째서 인간들의 온갖 찬미와 존경을 한 몸에 받고, 난 매일같이 이런 능욕과 짓밟음을 당해야 하는 거지? 네 어디가 그렇게 잘났는데!"

그 말에 불상이 조용히 미소지으며 대답했다.

"그러게 좀 참지 그랬니. 쯧쯧, 자기 몸 좀 깎아낸다고 울고불고 할 땐 언제고……!"

'칼은 숫돌에 갈아야 하고, 인간은 시련 속에서 성장한다'는 말이 있다. 뜨거운 가마 속에서 구워낸 도자기는 결코 빛이 바래지 않는다. 그와 마찬가지로 고난의 아픔에 단련된 사람의 품성은 영원히 변하지 않는다.

동등한 대우

새벽 5시, 여우가 자기 포도밭 일을 해줄 일꾼을 찾아나섰다.

맨 먼저 원숭이가 자진하고 나섰다. 그래서 여우는 일당 천 원을 주기로 약속하고 일을 시켰다.

7시쯤 되어 염소를 만난 여우가 말했다.

"너도 포도밭 일을 도와준다면 일당 천 원을 주지."

이에 염소는 흔쾌히 동의하고 일하러 갔다.

9시부터 11시 사이에는 금붕어와 참새도 일을 하러 왔다.

오후 3시, 여우가 이번에는 코끼리를 찾아갔다.

"낭신은 왜 그렇게 온종일 한가하게 서 있기만 하는 거죠?"

코끼리가 대답했다.

"아무도 나한테 일을 시키지 않으니까."

여우가 말했다.

"그럼 당신도 우리 포도밭에 와서 일하세요!"

그렇게 날이 어둑어둑한 저녁때가 되자 여우는 일꾼들을 불러모아놓고 맨 마지막으로 일한 일꾼부터 품삯을 나눠주기 시작했다.

코끼리가 맨 먼저 천 원을 받았다.

새벽부터 일한 원숭이가 생각했다.

'코끼리는 맨 나중에 와서도 천 원을 받는구나. 그럼 난 적어도 4천 원은 받겠지?'

그런데 원숭이 차례가 되었지만 품삯은 여전히 천 원이었다.

원숭이가 불만스런 표정으로 여우에게 말했다.

"맨 나중에 온 코끼리는 고작 한 시간 정도밖에 일하지 않았는데, 왜 온종일 일한 나와 똑같은 대우를 하는 거지? 이건 너무 불공평하잖아!"

여우가 말했다.

"이봐, 친구. 난 결코 자넬 섭섭하게 대하지 않았어. 우린 사전에 일당 천 원으로 합의했잖아? 내가 맨 나중에 온 코끼리에게 너와 똑같은 대우를 해준 건 각자의 가치가 다르기 때문이야. 코끼리가 한 시간 동안 하는 일은 네가 온종일 한 일보다 훨씬 많지 않니?"

회사 내에서는 직원들마다 그 역할과 가치가 서로 다르기 때문에 보수 역시 달라지는 것이다. 다양한 수단과 방법으로 구성원들을 격려하는 것은 직원들의 사기를 진작시키는 데 유리하다.

 사자와 주인

인도의 어떤 사람이 산에서 사자새끼 한 마리를 주워왔다. 그는 사자새끼를 정성껏 돌봐주었고, 사자는 무럭무럭 자라나 충실한 개처럼 그를 따라다녔다.

한번은 그가 사자를 타고 여행을 떠났다. 가는 곳마다 신기해하며 사람들이 몰려들었고, 그는 매우 우쭐한 기분이 들었다.

구경꾼이 그 사람에게 물었다.

"사자가 당신을 잡아먹지 않소?"

그가 대답했다.

"그럴 리가 없지!"

개들도 사자에게 물었다.

"넌 왜 사람을 잡아먹지 않니?"

그러면 사자도 이렇게 대꾸했다.

"아니, 어떻게 그럴 수가!"

하루는 사막을 가로지르게 되었는데, 모래폭풍을 만나는 바람에 물과 식량을 죄다 잃고 말았다. 그가 사자를 위로하며 말했다.

"조금만 참거라. 사막을 지나면 배불리 먹여줄게!"

그러면서 사자가 힘들 거라고 생각해 등에서 내려 걸었다.

하루가 지나자 사자는 배가 고파서 주인 주위를 맴돌았다.

이틀이 지나자 사자는 주인의 손발을 핥았다.

사흘이 지나자 사자는 주인의 손발을 잘근잘근 깨물었다.

나흘이 지나자 사자는 주인에게 이빨을 드러내고 으르렁거렸다.

닷새가 지나자 사자는 핏발 선 눈으로 주인을 노려보았다. 그리고 주인이 사자를 어르려고 손을 내밀자 와락 덤벼들어 주인을 발기발기 찢어놓았다.

남자는 죽는 순간까지도 알 수 없었다. 도대체 사자가 어떻게 자기를 잡아먹을 수 있단 말인가?

비즈니스 세계에서는 파트너가 없으면 아무것도 할 수 없다. 하지만 그런 관계도 대부분 쌍방의 공동이익 추구를 바탕으로 가능한 것이다. 서로에게 유익하고 도움이 될 때는 아주 친밀한 파트너가 될 수 있다.

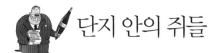

단지 안의 쥐들

쥐 세 마리가 함께 어느 집의 기름을 훔치러 갔다. 그런데 기름은 간신히 기름단지 바닥에서 촐랑거렸고, 단지도 너무 깊어서 고소한 기름 냄새만 맡을 수 있을 뿐 맛을 볼 수는 없었다.

눈앞의 기름 한 방울을 먹을 수 없는 괴로움은 쥐들을 초조하게 만들었다. 하지만 초조해할수록 방법은 떠오르지 않는 법이다. 세 마리의 쥐가 차분하게 앉아 방법을 모색해보았는데, 어느 순간 정말 절묘한 아이디어가 떠올랐다. 방법인즉, 서로의 꼬리를 물고 기름단지 안에 드리운 다음 한 마리씩 돌아가며 공평하게 기름을 맛보는 것이었다.

그런데 맨 처음으로 단지 바닥에 드리워진 쥐는 이런 생각을 굴렸다.

'기름은 기껏 요것밖에 안 되는데 셋이서 나눠먹기엔 너무 적고…… 에라, 모르겠다! 오늘 나 혼자 실컷 먹어버리고 말자.'

중간에 드리운 쥐는 이렇게 생각했다.

'기름도 얼마 안 되는데, 저 녀석이 다 먹어치우면 난? 내가 왜 고생스럽게 이 짓을 해? 차라리 저놈을 놓아버리고 나도 그냥 뛰어들어?'

맨 위에 있는 쥐 또한 이런 궁리를 했다.

'저렇게 적은 기름을 둘이서 먹어치우면 내 몫이 남겠어? 차라리 두 놈다 놓아버리고 나도 들어가서 먹자.'

그래서 중간에 드리운 쥐는 맨 밑의 쥐를 놓아버리고, 맨 위의 쥐도 중간의 쥐꼬리를 놓아버린 채 서로 뒤질세라 기름단지 안으로 뛰어들었다.

그런데 문제는 그 다음이었다. 기름을 먹기는커녕 흠뻑 뒤집어쓴 꼬락서니가 말이 아니었고, 미끄러운 바닥에 단지도 워낙 깊어서 도저히 빠져나올 수가 없었다.

어떤 조직이든 서로에게 이익이 되어야 그 조직이 크고 튼튼해진다. 다른 사람이 잘된다고 내가 손해볼 것은 없다. 내가 이익을 챙김과 동시에 다른 사람에게 손실을 끼치지 않는가를 고민해봐야 한다. 이것이 사람들과 원만한 인간관계를 맺는 데 가장 기본이 되는 겸양이다.

사리사욕에 이성을 잃고, 매사가 자기중심적이 되어 조직에 해를 끼쳐서는 안 된다. 자신의 물질적인 욕구와 권세, 명예 등을 위해 스스로의 인격과 영혼을 팔아먹는 행위는 끝내 자기 파멸을 초래한다.

 ## 고양이와 쥐의 연맹

도둑질하는 고양이, 그물을 물어뜯는 쥐, 보기만 해도 기분 나쁜 올빼미, 닭장을 노리는 족제비가 한 고목에 붙어살고 있었다. 마을의 한 농부가 이 불법분자들을 제거하기 위해 밤에 고목 주위에다 그물을 쳐놓았다.

그런데 새벽녘에 먹이를 구하러 나가던 고양이가 그 그물에 걸려들었다. 고양이가 살려달라고 소리치자 쥐가 달려나오더니 팔짱끼고 콧노래를 불렀다. 천적인 고양이가 죽게 생겼으니 쾌재를 부른 것이다.

고양이가 말했다.

"오, 사랑하는 친구여! 너에 대한 나의 정성어린 보살핌은 세상이 다 아는 일이다. 어서 나를 이 그물에서 벗어나게 해다오."

쥐가 물었다.

"내가 도와주면 무슨 좋은 점이 있지?"

"맹세컨대 너의 든든한 친구가 되어줄 거고, 넌 얼마든지 나를 부려먹을 수 있어. 또한 널 위해 족제비와 올빼미도 제거해줄 수 있어."

"멍청이! 내가 정말 널 구해줄 거라고 생각해? 난 아직 그 정도 바보는 아니란 말이야!"

쥐는 홱 돌아서 가버렸다.

그런데 족제비가 굴 입구에서 자기를 노려보고 있었다. 하는 수 없이 나무 위로 기어올랐는데, 이번에는 올빼미가 버티고 있는 것이었다!

쥐는 하는 수 없이 다시 고양이에게로 돌아가, 그물코를 물어뜯는 고양이 구출작업에 돌입했다.

얼마 후 그물에서 벗어난 고양이가 안도의 한숨을 내쉬며, 자기를 구해준 쥐가 멀찌감치 서서 경계의 눈초리로 지켜보고 있는 걸 발견했다.

"오! 친구여. 우리 포옹 한번 하자꾸나. 경계심으로 가득 찬 너의 눈이 나를 서글프게 하는구나. 내 어찌 생명의 은인인 널 배신한단 말인가!"

쥐가 말했다.

"하지만, 난 네 천성을 잊지 않았단 말이야. 그 어떤 맹세도 소용없다는 걸 잘 알고 있어. 서로 위급한 상황에서 맺어진 연맹관계를 어느 바보가 진짜라고 믿겠어?"

비즈니스 세계의 합종연횡은 서로의 이익을 전제로 한다. 이익이 없는 상황에서도 서로 경쟁하지 않으리라는 망상은 버리는 게 좋다.

뉴욕 잡동사니 사건
| 창의력과 도전정신 |

만약 당신이 진다고 생각하면, 당신은 질 것이오. 만약 당신이 이제 안 된다고 생각한다면, 당신은 안 될 것이다. 만약 당신이 이기고 싶다는 마음 한구석에 이건 무리라고 생각한다면, 당신은 절대로 이기지 못할 것이다. 한번 생각해보라. 결국에는 마지막까지 성공을 소원한 사람만이 성공하지 않던가.

연료와 불씨

한 기자가 자기 분야에서 크게 성공한 사람을 찾아가 물었다.

"똑같은 조건과 재능을 지녔으면서 왜 누구는 성공하고 다른 사람은 그렇지 못한 거죠?"

성공한 사람이 대답했다.

"기회라는 놈이 성공한 사람을 도와주었으니 나머지는 실패할 수밖에……!"

기자가 한탄하며 말했다.

"기회란 정말 종잡을 수 없는 변수로군요!"

그러나 성공한 사람은 고개를 강하게 흔들었다.

"틀렸어요. 기회란 불씨라오."

"불씨요?"

"그렇소."

성공한 사람이 말해주었다.

"성공하는 사람은 능동적으로 그것을 찾아다니고, 실패자는 항상 앉아서 기다리죠. 특히 의지가 강한 사람들은 그 스스로가 연료이면서 동시에 불씨이기 때문에 아주 쉽게 자신을 불태워 빛과 열을 내뿜는 것이오. 그리고 어떤 사람들은 연료처럼 빛과 열을 내뿜을 수 있는 가능성은 있지만 불씨가 없기 때문에 자신을 불태울 기회가 주어지기를 기다려야 하는 것이오. 더욱 한심한 경우는, 이도 저도 아니어서 불씨가 다가와도 불이 붙지 않아 빛과 열을 내뿜을 수 없다는 것이오. 모처럼 찾아온 기회를 놓치는 셈이죠."

기회를 창조하는 것이 성공의 관건이다.

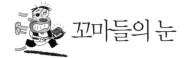

꼬마들의 눈

모 완구회사가 상반기 실적을 분석해본 결과 매출이 우려될 정도로 줄어들고 재고량이 심각해졌다는 사실이 밝혀졌다. 이에 회사에서는 전문가를 초빙해 회사 경영의 문제점과 매출 신장 방안을 모색하기에 이르렀다. 경영과 생산, 회계 등 각 분야에서 속속 전문가들을 불러들여 검토 작업에 들어갔다. 그런데 영업부에서 초빙한 손님은 매우 뜻밖이었다. 매니저가 모셔온 사람은 낯 놓고 기역자도 모르는 꼬마였던 것이다.

한 임원이 그 매니저를 힐책했다.

"당신 지금 장난하자는 거요? 이 비상시기에?"

하지만 매니저는 한사코 자기 주장을 굽히지 않았다. 그리고 꼬마아이의 의견과 이런저런 지적에 따라 제품 개선 제안서를 작성해 제출했다. 개발실에서 그 아이디어를 검토해보니 나름대로 타당성이 있다는 결론이 내려졌다. 그래서 그 의견대로 새 제품들을 생산해 시장에 유통시킨 결과 인기가 좋아 매출이 월등하게 신장되었다.

그 일을 무척 신기하게 생각한 사람들이 나중에 그 매니저를 찾아가 문자 매니저가 대답했다.

"제품 개발이나 설계에 관해서 아이는 문외한입니다. 하지만 그 아이들이야말로 전문가들이 가질 수 없는 창의적인 생각을 가지고 있지요."

"좀더 구체적으로 말씀해주시겠어요?"

"이를테면 말이죠……."

매니저가 경리실에서 돈을 세느라 여념이 없는 직원들을 가리키며 물었다.

"저 사람들은 지금 뭘 하고 있는 거죠?"

누군가가 대답했다.

"돈을 세고 장부를 정리하고 있죠."

매니저가 미소지으며 말했다.

"그래요, 맞습니다. 하지만 아이들은 저런 모습을 보면 돈을 가지고 놀고 있다고 말하죠. 돈 세는 게임을 하고 있다고 말입니다."

"……!"

"이처럼 사물에 대한 독특한 관찰력에서 만들어지는 독창적인 견해는 이미 자기 분야에 길들여진 전문가들로서는 불가능한 일이지요. 이번 일의 성공은 어린아이들의 창조적인 견해를 운용했기 때문입니다."

문외한의 안목은 이따금 전문가들이 볼 수 없는 신기한 것들을 찾아낸다.

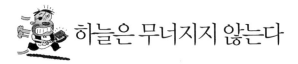# 하늘은 무너지지 않는다

한때 잘나가던 기업가가 사업에 실패해 빈털터리가 되었다.

그가 허름한 술집 구석에 혼자 앉아서 처량하게 술잔을 기울이고 있는데, 보다 못한 어떤 사람이 그에게 다가가 말을 걸었다.

"무슨 힘든 문제가 있는 모양인데, 혹시 도움이 될지 모르니 얘기나 한번 들어봅시다!"

그러자 사업가는 그를 힐끗 한번 쳐다보고는 이내 시답잖은 어투로 대꾸했다.

"내버려두쇼. 문제가 너무 많아서 아무도 나를 도울 수 없을 겁니다."

그러나 그 사람은 전혀 화를 내지 않고 자기 명함을 건네주며 말했다.

"그러지 말고 내일 내 사무실로 한번 나와보지 않겠소?"

그러잖아도 달리 할 일도 없었던 사업가는 이튿날 별생각 없이 그 사람의 사무실을 찾아갔다. 그러자 그는 반갑게 맞아주며 함께 어디론가 가보자고 제안하는 것이었다.

"……?"

사업가는 무슨 꿍꿍인지 알 수 없었지만 내친김에 따라나섰다.

얼마 후 그들이 도착한 곳은 교외에 위치한 황폐한 공동묘지였다.

차에서 내린 그 사람이 정색을 하며 사업가에게 말했다.

"저길 보시오! 저 묘지에 누워 있는 사람들만이 아무런 문제도 없는 사람들이오."

그 말에 크게 뭔가를 깨달은 사업가는 한동안 고개를 들지 못했다.

인간으로 살아간다는 것은 곧 끊임없이 문제들에 말려든다는 의미이며,

웃고 울고 애써 시도하고 일어나고 넘어지고 다시 일어난다는 의미다. 문제가 있다는 것은 살아날 희망이 있다는 것을 의미한다. 문제를 직시하고 해결하려는 노력 자체가 앞으로 전진하는 길이다.

'하늘은 스스로 돕는자를 돕는다'고 했다. 좌절하지 마라. 하늘은 무너지지 않는다. 큰 문제일수록 잘 지켜보라. 큰 문제 속에는 항상 큰 기회가 감춰져 있으니까!

문제 없는 삶을 갈구하지 말고
절망과 실패를 기꺼이 받아들이는 길을 찾아라.

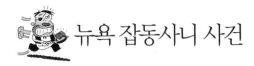 # 뉴욕 잡동사니 사건

제2차 세계대전 당시 아우슈비츠 가스실에서 수십만 명의 유대인이 희생되었을 때, 구사일생으로 살아남은 유대인 부자가 있었다.

수용소에서 아버지는 평소 자기 아들에게 이렇게 가르쳤다. 유대인인 자신들이 가진 유일한 재산은 지혜뿐이며, 남들이 1 더하기 1은 2라고 말할 때 3 이상이 될 수도 있음을 생각해야 한다고.

나치스트들은 그 수용소에서 50만 명에 이르는 유대인들을 집단 학살했지만, 그들 부자는 요행히 살아남았다. 그래서 1946년 미국으로 건너갔고, 휴스턴에서 작은 구리그릇 장사를 시작했다.

하루는 아버지가 아들에게 동 1파운드의 가격을 묻자 아들은 주저 없이 35센트라고 대답했다. 이어 아버지는 이렇게 말해주었다.

"그래, 맞다. 텍사스 사람이면 누구나 동 1파운드의 가격이 35센트란 걸 알지. 하지만 유대인 아들이라면 3달러 50센트라고 말할 줄 알아야 한다. 내 말은 1파운드의 동으로 문고리를 만들어보면 알 수 있을 것이다."

그후 20년이 흘러 아버지가 죽자 아들은 혼자서 그릇 가게를 운영해나갔다. 그는 구리로 북도 만들고, 스위스 시계의 태엽 부품도 생산하고, 올림픽 동메달도 만들면서 점점 사업을 확장시켰다. 그래서 훗날에는 1파운드의 동을 3천5백 달러 값어치로 둔갑시키며 맥케이사의 사장으로 취임했는데, 그가 바로 '뉴욕 주 잡동사니 사건'의 당사자다.

뉴욕의 명물인 '자유의 여신상'은 1886년 프랑스가 미국 독립 백주년을 기념해 선물한 것이다. 여신상은 '세계를 비추는 자유'라는 원래의 이름처럼 자유를 찾아 신대륙으로 건너온 미국인의 자부심이자 상징이 되었다.

하지만 이 거대한 동상도 자연의 법칙을 거스를 수는 없었다. 오랜 풍상과 지대한 관심 속에 사람들의 발길이 계속되자 조금씩 녹이 슬고 낡아갔다.

1974년 뉴욕 시 당국은 마침내 '자유의 여신상'을 수리하기로 결정하고 공사 도중에 나온 쓰레기를 처리하기 위해 폐기물 입찰공고를 냈다. 그러나 몇 개월이 지나도록 선뜻 나서는 사람이 없었다.

그런데 당시 프랑스로 여행을 가 있던 주인공은 이 소식을 듣자마자 뉴욕으로 날아와 그 쓰레기를 자신이 처분하겠다고 나섰다. 미국은 쓰레기에 대한 규제가 몹시 까다로워 구리 덩어리, 나사못, 목재 등이 마구 뒤섞인 이 쓰레기를 처리하는 데 엄청난 비용이 들 게 뻔했다. 게다가 쓰레기 값까지 모두 지불한 터라 사람들은 그의 결정을 비웃었다.

하지만 그는 아랑곳하지 않고 사람들을 고용해 쓰레기를 옮긴 뒤 분리하기 시작했다. 그리고 구리 덩어리는 녹여서 작은 '자유의 여신상'을, 시멘트 덩어리와 목재로는 여신상의 받침을 만들었다. 아연과 알루미늄으로는 뉴욕 광장 모양의 열쇠고리를 만들어 상품으로 내놓았다. 백 년 역사를 가진 '자유의 여신상'으로 만든 기념품은 날개 돋친 듯 팔렸고, 그는 이 쓰레기로 무려 3백50만 달러를 벌어 1만 배가 넘는 수익을 남겼다.

창조의 가치는 이처럼 무한하다.

성공은 항상 포장되어 있어서 눈에 잘 띄지 않는다. 만약 여신상을 수리하면서 나온 것이 금방 돈으로 환산할 수 있는 것이었다면 누구나 달려들었을 것이고, 프랑스에 있던 유대인 사업가에게는 기회조차 없었을 것이다. 포장이야말로 그에게 하나의 기회였던 셈이다. 세상에는 이런 기회가 많다. 단지 그런 포장을 걷어낼 사람이 드물 뿐이다.

# 대문을 열다

새로 즉위한 왕이 정승을 비롯한 각료들을 정하기 위해 문무백관들을 한 자리에 불러모았다.

"문제가 하나 있는데, 어느 분께서 해결하는지 한번 봅시다!"

그러면서 왕은 신하들을 이끌고 누구도 출입해본 적이 없는 거대한 대문 앞으로 다가갔다.

"보다시피 이 대문은 크기가 엄청날 뿐만 아니라 무게도 엄청나오. 여러 분 중에서 누가 이 대문을 한번 열어보겠소?"

이에 신하들 모두 기가 죽은 표정으로 멀뚱멀뚱 대문을 바라보기만 할 뿐 누구 하나 나서는 이가 없었다. 한두 사람이 대문 가까이 다가가보긴 했지만 역시 열어볼 생각은 못했다.

그런데 이때 한 젊은 신하가 성큼성큼 대문께로 다가서더니 묵직한 문고 리를 잡아당겼고, 그러자 신기하게도 그 거대한 대문이 스르르 열리는 것이었다.

왕이 파안대소하며 그 젊은 신하에게 말했다.

"내 자네에게 영의정 자리를 맡기도록 하지!"

사실, 그 대문은 굳게 닫힌 것이 아니라 아주 미세한 틈을 남겨두고 있 었다. 자세히 살펴보면 그 틈을 발견할 수 있었고, 한 번쯤 시도해볼 용 기만 있었다면 쉽게 열리는 대문이었다.

눈에 보이는 현상에 매몰되어서는 곤란하다. 때로는 강렬한 호기심과 과 감한 도전이 필요하고, 그래야만 기회란 놈을 놓치지 않는다.

용기가 있는 곳에 희망이 있다. 설사 용기가 부족하더라도 대담하게 행동하는 훈련을 쌓아가면, 실제로 대담한 인간이 되어간다. 용기는 근육과 같이 사용함으로써 강해진다.

 ## 윈저 공작의 지혜

영국 왕실에서 있었던 일이다. 황태자 윈저 공작이 인도의 한 토후를 런던으로 초청해 연회를 베풀었다.

술잔이 오가면서 분위기가 무르익는데, 연회가 끝나갈 무렵에 뜻밖의 사건이 벌어졌다. 바로 시종들이 들고 온 손 씻는 물 때문에 생긴 해프닝이었다.

정교한 은그릇에는 수정같이 맑은 물이 담겨 있었는데, 인도의 토후가 그만 그것을 마시는 물인 줄 알고 단숨에 들이킨 것이다.

그러자 윈저 공작도 낯빛 하나 바꾸지 않고 태연히 담소를 즐기면서 자기 앞에 놓인 손 씻는 물을 마시는 게 아닌가. 이에 연회에 참석한 사람들도 하나같이 물을 마셨고, 자칫 어색할 뻔했던 상황이 무마되어 연회를 성공적으로 마칠 수 있었다.

자신의 이익을 챙기면서도 상대방의 마음을 사는 것이 협상의 핵심이다.

인생은 망망한 바다와 같이 다채롭고 변화무쌍하다. 어디에도 얽매이지 않는 삶을 창조하고 자유롭게 살기 위해서는 비범한 지혜가 필요하다. 그리고 이런 지혜는 자유로운 사고, 원대한 식견, 아름다운 마음 속에서 자라난다.

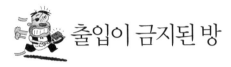 출입이 금지된 방

H그룹 회장이 어느 날 전체 사원들 앞에서 이렇게 말했다.

"12층에 보면 아무런 문패도 없는 방 하나가 있는데, 그 방엔 누구도 들어가서는 안 된다는 걸 명심하세요."

하지만 무슨 까닭으로 그 방에 들어가면 안 되는지에 대해서는 언급하지 않았다.

반도체 산업으로 한창 경기가 좋았던 그룹 직원들은 모두 복종하는 습관이 배어 있었다. 감히 회장의 명을 거역하면서까지 그 방에 들어가보려고 객기를 부릴 사람은 아무도 없었다.

그로부터 두 달 후 회사에서는 신입사원을 모집했는데, 엄청난 경쟁률을 뚫고 입사한 신입직원들 앞에서 회장은 똑같은 말을 되풀이했다.

"명심들 하세요. 12층에 있는 그 방에는 절대 들어가서는 안 됩니다."

그때 한 청년이 혼잣말처럼 중얼거렸다.

"왜죠?"

회장이 짧게 그 청년을 일별하더니 자못 엄숙하게 말했다.

"왜라는 건 없네!"

배정된 부서로 돌아와 앉은 그 신입사원의 뇌리에는 그 신비한 방에 대한 의문으로 꽉 차 있었다.

'무슨 특별 부서가 따로 있는 것도 아니고, 기밀문서 보관창고도 아닌데 왜 못 들어가게 하는 거지?'

청년은 어떻게든 자기가 그 방에 들어가서 그 이유를 알아내고야 말겠다

자기 발전은 굳건한 선입견과 엄정한 규칙을
다른 사람보다 먼저 깨뜨리는 데서 시작된다.

고 결심했다. 그러자 그 사실을 안 동료들이 한결같이 말리고 나섰다. '왜 그런 무모한 모험을 하느냐', '회장의 명을 어겨서 좋은 일이 있겠느냐', '어떻게 입사한 회산데……' 하며 극구 말렸다.

하지만 청년은 누구도 말리지 못하는 옹고집이었다.

얼마 후, 12층에 위치한 그 문패 없는 방 앞에 선 그는 먼저 가볍게 노크를 해보았다.

"……?"

한참을 기다려도 안에서는 아무런 기척이 없었다. 청년은 더욱 용기를 냈고, 슬그머니 손잡이를 잡고 밀치자 문이 선선히 열리는 것이었다. 회장의 엄포와 달리 잠금장치도 되어 있지 않았다.

작은 방 안에는 탁자 하나가 댕그라니 있었고, 그 위에 쪽지 한 장이 놓여 있었다. 거기에는 큼지막한 글씨로 이렇게 적혀 있었다.

'이 쪽지를 본 사람은 즉시 회장실로 오시오.'

청년은 조금 허망한 느낌이 들었지만, 기왕 저지른 일이니 한번 끝까지 가본다는 배짱으로 그 쪽지를 들고 회장실을 찾아갔다. 그리고 얼마 후 회장실에서 나온 청년은 어떤 불이익을 받기는커녕 마케팅부 부장으로 특진되었다.

여러 직원들이 모인 조회석상에서 회장이 말했다.

"마케팅이야말로 창의성이 절실히 요구되는 분야입니다. 오직 기존의 틀에 얽매이지 않고 자유로이 사고할 줄 아는 사람만이 그 영역을 확장해나갈 수 있는 것입니다!"

그 신입사원은 과연 얼마 후 회장의 기대를 저버리지 않고 엄청난 실적을 올렸다.

낡고 구태의연한 사고방식을 고집하고, 예전의 경험에만 의지하려는 사람은 마케팅 분야는 물론 비즈니스 세계에서 퇴출 0순위다.

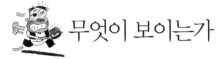 무엇이 보이는가

어떤 사람이 아들 삼형제를 데리고 사막으로 낙타사냥을 떠났다.

그가 사막에 도착해 텐트로 임시숙소를 세우면서 큰아들에게 물었다.

"넌 오면서 뭘 보았느냐?"

큰아들이 대답했다.

"엽총과 낙타, 그리고 끝없이 펼쳐진 사막을 보았습니다."

아버지가 고개를 흔들고 나서, 이번에는 둘째에게 물었다.

"저는 아버지와 형님, 동생, 엽총, 낙타, 그리고 광활한 사막을 보았습니다."

아버지가 이번에도 고개를 흔들고, 마지막으로 막내아들에게 물었다.

그러자 막내는 선뜻 이렇게 대답하는 것이었다.

"제 눈엔 낙타만 보이던 걸요."

아버지가 비로소 반가운 미소를 지으며 말했다.

"그래, 바로 그거다!"

성공하기 위해서는 가장 먼저 목표를 명확히 수립해야 한다. 그리고 일단 한 가지 목표가 정해지면 곁눈질하지 않고 온 정열을 그것에 집중하며 뚜벅뚜벅 걸어나가면 된다.

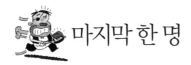# 마지막 한 명

고대 그리스의 철학자 소크라테스가 제자들에게 말했다.

"오늘 제군들에게 가장 간단한 동작을 하나 제안하겠다. 자, 이렇게 팔을 들었다가 힘껏 뒤로 뿌리는 거다."

그가 시범동작을 해 보이고 나서 제자들에게 물었다.

"제군들은 이 동작을 매일 3백 회 이상 할 수 있겠는가?"

"할 수 있습니다!"

제자들이 한결같이 재미있다는 듯 웃으며 대답했다. 까짓 거, 뭐 어려울 게 있다고?

그로부터 한 달 뒤, 소크라테스가 제자들을 모아놓고 물었다.

"팔 뿌리는 동작을 날마다 3백 회 이상 한 사람은 손을 들어보게!"

그러자 대부분의 제자들이 손을 들었다.

또한 한 달이 더 지나서 물었을 때는 70퍼센트의 제자들이 손을 들었다.

그리고 1년 후 다시 물었을 때는 그 많은 제자들 가운데 단 한 명만 손을 들었는데, 그가 바로 훗날 명성을 떨친 철학자 플라톤이었다.

만약 당신이 진다고 생각하면, 당신은 질 것이오. 만약 당신이 이제 안 된다고 생각한다면, 당신은 안 될 것이다. 만약 당신이 이기고 싶다는 마음 한구석에 이건 무리라고 생각한다면, 당신은 절대로 이기지 못할 것이다. 한번 생각해보라. 결국에는 마지막까지 성공을 소원한 사람만이 성공하지 않던가.

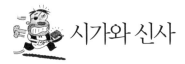# 시가와 신사

토미가 시내 중심가에 위치한 대형 백화점 입구에 서 있는데, 깔끔한 정장 차림의 신사가 곁으로 다가오더니 시가를 피워 물었다.

토미가 자기와 나이도 엇비슷해 보이는 그 신사에게 정중히 말을 건넸다.

"시가 냄새가 참 좋군요. 비싸겠지요?"

"하나에 15달러 하오."

"세상에! 하루에 보통 몇 대나 피우시는데요?"

"한 열 대 정도?"

"저런! 피우신 지는 얼마나 되셨죠?"

"아마 한 40년은 됐을 거요."

"그렇군요!"

토미가 말했다.

"한번 계산해보죠. 만약 선생께서 담배를 피우지 않으셨다면 그 돈으로 이 백화점을 통째로 사고도 남았겠군요!"

신사가 물었다.

"그러는 당신은 담배를 안 피우는 모양이지요?"

"입에도 안 댑니다."

"그럼 이 백화점을 사셨겠네요?"

토미가 손사래를 쳤다.

"천만에요! 저 같은 게 감히 어떻게……!"

신사가 말했다.

"솔직히 말해드리리다. 사실 이 백화점은 내 소유라오."

부자는 돈을 버는 일말고도 한가하게 일광욕을 즐길 수 있지만, 가난한 어부는 죽으나 사나 땡볕 아래서 그물을 끌어올려야 한다. 이것이 부자와 가난뱅이의 확실한 차이점이다.

백년해로 새우

무역업을 하는 일본인이 필리핀으로 신혼여행을 갔다가 풍물시장에 들렀는데, 그곳에서 신기한 물건 하나를 발견했다. 한 쌍에 1달러씩 하는 새우였는데, 그걸 본 신부가 손에서 놓을 줄 모르는 것이었다. 그래서 그 새우 몇 쌍을 잘 포장해 가지고 일본으로 돌아와 친지들에게 선물로 나눠주었다.

그런데 이상하게도 새우를 받은 사람들이 집에까지 찾아와서는, 어디서 샀느냐고 묻기 시작했다. 일본 전역을 찾아봐도 그런 새우는 없다는 것이었다.

사실 그 새우는 열대바다에서 서식하는 보통 새우였는데, 새끼일 때 바위틈에 들어갔다가 다 자라서는 몸집이 커져 나오지 못하고 평생 그 바위틈에 갇혀 살게 된 자웅새우였다.

> ● ● ●
> 인생에서 가장 귀중한 세 가지 자원인 시간과 돈, 창의력 중에서 한계가 없는 유일한 한 가지가 바로 당신의 창의력이다.
> ─어니 J. 젤린스키

그 새우가 일본에서 큰 인기를 끈다는 사실에 사업 아이디어를 착안한 그는 즉시 필리핀으로 건너가 자웅새우를 대량으로 수입해왔다. 그러고는 정교한 포장을 해서 '백년해로(百年偕老)'라는 상표를 붙여 팔았다. 주로 결혼선물이나 신혼집 집들이 선물로 많이 팔렸는데, 사람들은 그 한 쌍의 새우를 행복한 결혼생활의 상징으로 여겼다.

새우는 공급이 달릴 정도로 대히트였고, 1달러씩 하던 새우 한 쌍이 무려 2백70달러라는 엄청난 가격에 팔려나갔다.

일본 상인의 성공 비결은 복잡한 기술이나 거액의 투자가 아니라 창의적인 발상이었다. 그 상품만이 지닌 고유한 특성을 찾아내어 상징화하고, 그것을 소비자의 심리에 적용시켜 성공으로 이끌었다.

 # 고양이에게 수면제를

고양이의 시달림에 진저리가 난 쥐들이 회의를 소집했다. 의제는 고양이의 소란에 어떻게 대처할 것인가 하는 것이었다.

회의 도중 많은 주장과 의견들이 제시되었지만 하나하나 부결되고 말았다.

그때 생쥐 한 마리가 일어나더니, 고양이 목에 방울을 달아두면 좋지 않겠냐는 의견을 내놓았다. 그러자 생쥐의 제안에 다들 박수를 보냈다.

하지만 그때까지 아무 말도 없이 구석에 앉아 있던 늙은 쥐 한 마리가 일어서더니 말했다.

"그 방법은 정말 절묘하고 그럴듯하오. 그런데 여기에는 작은 문제가 하나 있소. 그것은 과연 누가 고양이 목에 방울을 달 것이냐 하는 것이오!"

그 말에 쥐들은 모두 꿀 먹은 벙어리가 되어버렸다. 그리고 잠시 침묵이 흐른 뒤에는 다들 생쥐의 제안이 부적절하고 타당치 못하다는 이유들을 끄집어내기 시작했다.

그러자 생쥐가 자리를 박차고 일어나면서 말했다.

"우린 왜 실행 가능한 방법은 찾아보지 못하는 거죠?"

쥐들은 다시 조용해졌고, 각자 깊은 고민에 빠져들었다. 그러자 얼마 후에는 생쥐의 말대로 실행 가능한 방법들이 터져나오기 시작했다.

"절인 고기를 훔쳐다가 그 속에 수면제를 넣어 고양이 굴 앞에 갖다놓는 겁니다. 그러면 고양이가 잠든 사이에 목에 방울을 달 수 있잖아요?"

"좋았어!"

"그래, 바로 그거야!"

쥐들은 그렇게 고양이에게 수면제를 먹이기로 의견을 모았고, 며칠 뒤에는 계획대로 실행해 성공을 거두었다.

99퍼센트의 가능성에도 쩔쩔매는 사람은 자신의 상상력을 가능성을 향해 열린 의지를 꺾는 데 사용한다. 상상력의 부정적인 악용이야말로 실패를 자초하는 원인이다. 어디에 논점을 두느냐가 중요하다.

'어째서 안 된다'가 아니라 '어떻게 할 것인가?'에 둔다면 불가능한 일도 가능해 보일 것이다.

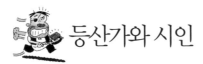

등산가와 시인

등산가는 일생 동안 수많은 산들을 기어올랐고, 수많은 정상들을 정복했다.

시인 역시 산 정상에서 바라보는 경치를 동경하고 있었지만, 그는 단 한

번도 정상에 올라본 적이 없었다. 그 대신 산 정상에 대한 수많은 시들을 써냈다.

한번은 등산가가 시인에게 제안했다.

"우리, 산에 올라갑시다."

난감해하는 시인을 비웃어주려는 것이었다. 그런데 뜻밖에도 시인이 선뜻 응하는 게 아닌가!

물론 결과는 예상대로였다. 등산가는 전문가다운 속도와 실력으로 별힘도 들이지 않고 산 정상에 올랐지만, 시인은 가다 쉬고 가다 쉬기를 반복하면서 도중의 풍광들에 사로잡혀 떠오르는 시상(詩想)을 메모하느라 여념이 없었다. 그렇게 산중턱까지 오른 시인은 더 이상 올라갈 힘이 없었다.

등산가가 비웃으며 말했다.

"공상이나 늘어놓는 시를 쓰라면 몰라도, 등산이란 결의를 다지고 한발 두발 기어올라야 하는 실력이 필요한 거요!"

시인이 물었다.

"자넨 평생 수많은 산들을 정복했다고 하지만 매번 기어오를 때의 감정과 그 과정에서 본 다양한 풍경들을 토로할 수 있겠소?"

등산가가 대답했다.

"난 오직 산을 오르는 일만 생각할 뿐 다른 것은 상관치 않소."

"오직 목표만 추구하고 다른 것을 무시한다고 하는 건 행운임과 동시에 불행일 수도 있소!"

얼마 후 그 등산가는 어느 산 정상에 도전했다가 그만 실패하고 말았다. 그러자 수치심을 이겨내지 못하고 절벽에서 투신자살했다.

그 소식을 접한 시인이 한탄했다.

"안타깝지만, 그건 아마도 실패한 자네가 선택할 수 있었던 유일한 출구였겠지……."

목표를 실현하는 데만 급급하여 그 분투과정을 무시한다면 인생의 수많은 의의를 잃게 될 것이다.

쓰레기 철학

한 남자가 철학자를 찾아와 물었다.
"당신이 성공한 철학자가 된 비결은 무엇입니까?"
철학자가 대답했다.
"많이 사고하고 생각하는 것!"
그 말을 들은 남자는 크게 깨달은 바가 있다는 듯 집으로 돌아가 침대에 누워 천장만 쳐다보며 이런저런 생각에 잠겼다. 손가락 하나 까딱하지 않고서.
그로부터 한 달쯤 지난 어느 날이었다. 철학자는 우연히 길에서 그 남자의 아내를 만나게 되었는데, 울며 하소연을 하는 것이었다.
"제발 우리 그이를 좀 말려주세요. 선생님을 만나고 온 뒤로 무슨 마법에 걸린 사람 같아요."
"무슨 일이죠?"
철학자가 남자의 아내를 따라 그 집에 가보았다. 침대에 누워 있는 남자는 껍질을 벗긴 삼대처럼 해쓱하게 야위어 있었는데, 철학자를 보자 간신히 몸을 일으켜 아는 체했다.

"전 지금껏 식사시간 외엔 사고만 하고 있습니다. 선생님께서 볼 때 제가 위대한 철학자가 되기까지 어느 정도의 시간이 더 걸릴 것 같습니까?"

철학자가 물었다.

"매일 생각만 하고 실천하지 않으니 도대체 뭘 생각했다는 거요?"

그가 대답했다.

"생각할 게 너무 많아서 머리에 다 주워담을 수 없을 지경인데요?"

"내가 추측컨대 당신은 머리카락만 잔뜩 길었지 그 안엔 온통 쓰레기 천지인 것 같군."

"쓰레기라니요?"

남자가 두 눈을 동그랗게 떴다.

철학자가 자리를 뜨면서 뼈 있는 한마디를 던졌다.

"생각만 하고 실천하지 않는 사람은 쓰레기 철학밖에 생각해내지 못한다네."

성공은 사닥다리와 같다. 호주머니에 두 손을 찌르고 있는 사람들은 올라갈 수 없는 것이다.

가시철조망

가정형편 때문에 간신히 초등학교를 졸업한 조셉은 13세의 어린 나이에 목장에서 양들을 보살피는 일을 했다. 하지만 목장의 울타리가 너무 허술했기 때문에 양들이 울타리를 넘어가 남의 밭 농작물들을 엉망으로 만들어놓기 일쑤였다.

그날도 조셉은 방목 도중 깜빡 졸다가 목장주의 욕설에 놀라 잠을 깼다.

"인석아! 양떼가 채소밭을 다 헤집어놓는데, 지금 여기서 낮잠이나 자고 있어!"

조셉은 눈을 부라리는 목장주 앞에서 고개를 들지 못했다.

그후 어떻게 하면 양들이 울타리를 넘지 못하게 할까 골몰하던 조셉은 어느 날 놀라운 사실을 하나 발견했다. 양들이 가시가 있는 장미넝쿨 쪽을 피해, 막대기나 철사울타리 쪽으로만 넘어가고 있었던 것이다.

조셉은 시험삼아 장미넝쿨을 조금씩 잘라 울타리에 묶어보았다. 그러자 양들은 한동안 체념한 듯했으나 꾀가 생긴 몇몇 녀석이 머리를 비벼 넝쿨을 떨어뜨리고 넘어갔다.

그로부터 반년이 훌쩍 지났을 무렵, 조셉은 또 한 가지 놀라운 사실을 발견했다. 철사를 두 가닥으로 꼬아 연결한 뒤 잘라낸 부분에 5센티미터 정도의 '철사가시'가 생긴 것을 본 것이다. 순간, 그의 머릿속에 기발한 생각이 떠올랐다.

'맞아! 울타리에다 가시넝쿨처럼 철사로 가시를 만들어 붙이면 되겠구나!'

조셉은 즉시 아버지가 일하는 대장간으로 달려가서 펜치와 철사를 가져다가 울타리에 철사토막을 넣어 새끼처럼 꼬아 붙이는 작업을 시작했다. 그렇게 완성된 철사가시는 수명이 반영구적이었고, 그 끝도 가시넝쿨에 비할 수 없을 만큼 예리했다.

다음날 아침, 목장을 살피러 나온 주인은 울타리의 철사가시를 보고 깜짝 놀랐다.

"조셉! 네가 이걸 만든 거냐?"

"예, 주인님!"

"조셉, 네가 정말 대단한 발명을 했구나! 빨리 특허출원부터 해야겠다. 어서 가서 아버지를 모셔오너라!"

조셉은 주인이 시키는 대로 아버지와 함께 특허출원을 냈다. 그리고 가시철조망 울타리는 곧 사방으로 소문이 나서, 밀려드는 주문을 감당하지 못해 따로 공장을 세워야 했다.

1년 후, 조셉의 가시철조망은 미국을 비롯한 세계 각국에서 국경선 경비용으로 사용하기 위해 엄청난 양을 구입해갔다. 가시철조망의 발명으로 조셉은 물론 그의 나라 미국도 엄청난 외화고를 올릴 수 있었다.

사람들은 흔히 발명이라고 하면 너무 심오하고, 신비하고, 복잡하게만 생각한다. 그리고 이런 전제가 오히려 보편적인 창의성을 가로막는다.

발명이나 독창적인 상품은 종종 일상에서 아주 무심결에 아이디어가 떠오르는 것이다. 위대한 발명이나 발견처럼, 창조적인 발상 역시 가장 단순한 생각에서 비롯되는 경우가 많다.

바로 이거야!
이제 더 이상
양들이 울타리를
넘어갈 수 없을 거야.

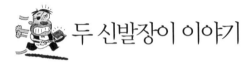# 두 신발장이 이야기

한 스승 밑에서 똑같이 신발 만드는 기술을 배운 선후배가 각각 독립하여 가게를 차렸다.

선배는 스승에게서 배운 기술 그대로 한치의 어긋남도 없이 손님들에게 구두를 맞춰주었다. 이에 반해 후배는 스승에게서 배운 기술에 손님들의 요구와 취향을 결합해 끊임없이 새로운 모양의 구두를 만들어냈다. 그러다 보니 후배의 가게는 항상 손님들로 문전성시를 이루었고, 선배의 가게는 썰렁하여 가게를 지탱하기조차 어려워졌다.

어느 날 선배가 스승을 찾아가 말했다.

"저 아이는 돈 벌 생각에만 미쳐서 대대로 전해 내려온 규율 따위는 안중에도 없습니다. 하지만 전 각오를 굳건히 하고 신발장이의 본분을 지키는 일에 매진하고 있습니다."

스승이 그 즉시 후배를 불러들여 준엄하게 물었다.

"네 선배의 말이 사실이냐?"

후배가 빙그레 미소짓고 나서 입을 열었다.

"우리가 만드는 모든 신발이 스승님과 조상들이 만든 것과 천편일률로 똑같아야 한다면, 그 말은 요즘 사람들 모두 죽은 사람들의 신발을 신으라는 얘기잖아요? 스승님께서 저희에게 기술을 전수하신 것은 그 기술을 기초로 더 확대·발전시키기를 바라는 마음에서일 것입니다."

그 말에 스승이 크게 기뻐하며 선배 제자에게 말했다.

"진정 우리 일의 존엄을 지킨 사람은 네가 아니라 네 후배로구나. 무슨 일에서나 옛것만 고집하고 새롭게 창조하지 않는다면 어찌 인류가 이만큼 발전해올 수 있었겠는가? 돌아가서 잘 생각해보거라."

계승만 하고 새롭게 창조하지 않는다면, 그 계승이라는 것도 의의를 상실하게 된다.

 # 거미를 바라보는 시각

한바탕 비가 내린 뒤, 거미 한 마리가 빗물에 구멍이 숭숭 뚫린 거미줄을 향해 벽을 기어오르고 있었다. 그런데 벽이 너무 미끄러워서 한참 올라가다가 떨어지고, 또 기어오르다 떨어지기를 반복했다…….

첫 번째 사람이 그 거미를 바라보며 한숨을 내쉬었다.

"내 인생이야말로 저 거미처럼 허망하지 않은가. 평생을 아등바등했지만 남은 게 뭐란 말인가!"

그 사람은 날로 소침해졌다.

두 번째 사람이 그 거미를 보고 말했다.

"저놈의 거미, 왜 저렇게 미련한 거지? 그 옆의 마른 데로 올라가면 될 것을! 난 저놈처럼 미련하게 굴지는 말아야지!"

그 사람은 점점 총명해졌다.

세 번째 사람은 그 거미의 불굴의 정신력에 깊은 감명을 받았다. 그래서 그는 쓰러지면 다시 일어서는 굳은 의지로 마침내 큰 성공을 거두었다.

우리 주위에서 일어나는 여러 현상들은 모두 우리의 마음자세를 비춰주는 거울이다.

어떤 현상을 긍정적인 자세로 대할 때, 그것은 우리에게 진취적인 생각을 부여해주지만 부정적인 시각을 갖게 되면 모든 것을 부정하게 된다.
굳건한 성공신념과 일상에서 얻은 감수성의 결합은 상상 이상의 능력과
지혜를 발휘하게 한다.

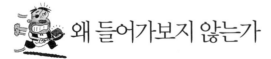 ## 왜 들어가보지 않는가

옛날에 아주 견고한 성곽이 있었는데, 그 안에 무엇이 있는지는 아무도
알지 못했다. 단지 성곽에 대한 아름다운 전설만 떠돌 뿐이었다.

한번은 어떤 청년이 그 성곽의 유일한 출입구 앞까지 찾아왔는데, 흉물
스럽게 생긴 거인이 떡하니 버티고 서 있었다.

청년이 조심스레 물어보았다.

"저, 안에 들어가봐도 됩니까?"

"되지."

거인이 말했다.

"그러나 자네 재주에 달렸어. 안에 들어가면 문도 여러 개 있고, 문마다
나같이 흉물스럽게 생긴 문지기들이 지키고 있으니까."

그 말을 들은 청년은 한참을 망설이다가 단념하고 돌아서고 말았다.

그 이튿날에도 성곽 문 밖에서 안쪽을 기웃거리던 청년은 흉물스럽게 생
긴 거인과 또다시 마주치고는 돌아서버렸다. 그리고 사흘째 되는 날에
도 마찬가지였다.

해가 가고 달이 가고, 청년은 그렇게 백발이 성성한 노인이 되도록 성곽
주변을 맴돌기만 할 뿐, 그 안에 도대체 뭐가 있는지 알지 못했다.

노인이 거의 죽어갈 무렵 그 거인 문지기가 통탄하며 말했다.

"그렇게 수십 년간 문 앞에서 얼쩡거렸으면서도 왜 한 번도 들어가보지 않는단 말인가!"

그렇다. 왜 들어가보지도 않는단 말인가? 모든 일은 시작이 어렵다고 한다. 첫걸음을 뗀다는 건 정말 쉽지 않다. 성공하지 못하면 다른 사람들의 웃음거리가 될 테니까.

우리는 왜 '누가 뭐라고 하든 내 갈 길은 간다'고 분명하게 말할 수 없을까? 만약 그 청년이 성문 안으로 한 발짝만 들어설 용기가 있었다면 새로운 세상이 열리지 않았을까?

희망이 있으면 실망의 위험도 뒤따르게 마련이다. 시도하려다가 실패의 쓴맛을 볼 수도 있다. 하지만 시도해보지도 않고 무슨 결과를 바라고 또 무슨 진보를 바랄 것인가? 오직 과감히 도전하려는 용기를 지닌 자만이 온전한 자유를 만끽할 것이다.

월구의를 만들다

나이 60을 넘긴 윌슨은 공직에서 물러나 집에 머무는 동안 텔레비전 다큐멘터리 프로그램에 매료되었다.

하루는 화성 탐험에 대한 방송이 나왔는데, 한 손에 화성 지도를 든 진행자가 해설을 하면서 다른 한 손으로는 관련 도표들을 한 장, 한 장 넘기는 것이었다.

윌슨은 그런 평면도로 화성을 보는 것이 너무 번거롭고, 또 입체적이지 못하다고 생각했다. 지구나 달이 모두 둥근데 지구를 지구의로 만들 수 있다면 월구의(月球儀)는 못 만든단 말인가?

그 순간적인 발상으로 월슨은 자신의 남은 정력을 월구의를 개발하는 데 쏟기로 결심했다.

우주 로켓이 출현하기 전에는 달이 지구 쪽으로 한쪽 면만 비추므로 뒤쪽을 관측할 수 없어서 반구면(半球面) 위에만 지형물을 기입할 수 있었다. 그러나 미국의 루너오비터 등이 달의 뒷면을 포함한 사진 촬영에 성공해 달의 전 표면을 나타낼 수 있는 월구의 제작이 가능한 상태였다.

1969년 3월, 정밀한 월구의가 최초로 출시되자 월슨은 텔레비전 광고를 내보냈고, 그 결과 예상대로 세계 각지에서 주문서가 날아들었다.

그로부터 월슨은 매년 1천4백여 파운드라는 수입이 생겼고 이후 금성의, 수성의 등의 제품을 개발해냈으며 그의 회사는 세계 굴지의 기업으로 성장했다.

창의적인 발상은 불가능을 가능케 한다.

그런데 중요한 것은 창의적인 발상 이후이다. 행동으로 옮겨 그것을 실천하는 것만이 성공을 가능케 한다.

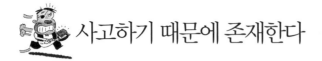 사고하기 때문에 존재한다

시장에 나타난 철학자에게 백정이 물었다.

"당신, 돼지를 잡을 줄 아시오?"

철학자가 대답했다.

"모릅니다."

이번엔 대장장이가 물었다.

"그럼 풀무질은 할 줄 아시오?"

"모릅니다."

장사꾼이 물었다.

"물건은 팔 줄 아시오?"

"모릅니다."

그 세 사람이 동시에 물었다.

"그럼 대체 뭘 할 수 있소?"

"전 사고를 할 줄 압니다."

철학자의 말에 세 사람이 일제히 웃음보를 터뜨렸다.

"그 사고라고 하는 것, 대체 한 근에 얼마씩 파는 거요?"

철학자가 대답했다.

"난 당신들이 하는 일은 할 줄 모르지만, 당신들이 사고할 수 없는 문제들을 사고합니다."

이에 세 사람은 할말을 잃고 말았다.

기업 내부에는 부문별로 다양한 조직이 짜여져 있고, 할 일도 각자 따로 있다. 그래서 한 개인의 입장에서 보면 자신이 볼트나 너트처럼 일개 부품에 지나지 않는다고 느껴질 수도 있다.

자신의 업무가 단순하고 다람쥐 쳇바퀴 도는 것 같아도 절대 사고의 능력을 놓쳐서는 안 된다. 사고를 할 줄 알아야 보다 발전된 미래를 기대할 수 있는 것이다.

5판3승제

순풍에 돛 단 듯 잘나가던 창섭의 사업이 난생처음 장벽에 부딪히면서 극심한 좌절을 맛보아야 했다. 사기가 떨어진 창섭은 온종일 두문불출하면서 우울해하고 있었다.

저녁 무렵, 일곱 살 난 아들녀석이 학교에서 돌아오더니 아주 신이 난 소리로 말했다.

"아빠, 좋은 소식 있어요!"

"응, 그래?"

시큰둥한 창섭의 태도에서 뭔가를 읽어낸 듯 아들이 물었다.

"아빠 얼굴이 왜 이렇게 어둡지? 아하! 탁구 쳐서 졌구나?"

몇 달 전 학교 탁구팀에 들어간 녀석은 탁구라면 사족을 못 쓰고 좋아했다.

"어, 비슷하게 맞혔다. 아빠, 졌어."

"그게 뭐 그리 대단한 일이라고?"

아들녀석이 말했다.

"막 팀에 들어갔을 땐 탁구라켓을 어떻게 쥐는지도 몰랐어. 그치만 난 우리 팀에서 최고로 잘하는 애만 지켜봤어. 그 애하고 꼭 한번 겨뤄보려고. 매일 훈련을 마치고 나면 그 애를 찾아 덤볐지만 한 번도 이기지 못해서 재미없었어. 아빠, 아빠 상대도 우승자였어?"

창섭이 말했다.

"글쎄, 그런 것 같진 않던데?"

"와!"

녀석이 놀랍다는 듯 소리질렀다.

"상대가 우승자도 아니라면서 어떻게 지고 말 수가 있어? 아빠, 내가 그 애를 어떻게 꺾어버렸는지 알아?"

"어떻게?"

"먼저 용기를 내서 한동안 열심히 준비한 다음 그 거만한 애한테 도전했는데, 첫판은 내가 졌어."

"두 번째 판은?"

"두 번째 판도 지고 말았어."

"에이, 그럼 다 진 거잖아!"

"하지만 아빠, 세 번째 판에서는 끝내 내가 이겼단 말이야!"

"그치만 결국엔 진 거잖아."

"아니! 아빠, 내가 세 번째 판은 이긴 게 틀림없잖아? 어차피 한 판은 이겼단 말이야. 아빤 몇 번 실패한 거야?"

"한 번!"

"이런! 아빤 정말 바보다. 겨우 한 판 지고 나서 물러났단 말이야? 적어도 5판 3승제는 해야지! 그래서 상대를 철저히 이겨버리란 말이야!"

"5판 3승제? 거참 좋은 생각이구나!"

창섭은 갑자기 크게 깨달은 것 같아 마음이 한결 개운해졌다. 그래서 아들녀석에게 물었다.

"너 아까 들어오면서 좋은 소식이 있다는 건 무슨 말이야?"

아들녀석이 정색을 하며 말했다.

"세 번째 판에서 이겼다는 거잖아!"

첫판에서 졌다고 낙담하면 두 번째 판과 세 번째 판은 어떻게 이긴단 말인가?

인간관계

한 현자(賢者)가 수년간 모 벤처회사의 젊은 사장과 이웃해 산 적이 있었다.

회사가 잘나갈 때 젊은 사장이 탄 고급 승용차는 혼자 사는 마을 노파가 길가에 내다 말리는 고추 멍석을 깔아뭉개고 지나갔고, 그 집 사냥개는 동네를 어슬렁거리며 아이를 보면 이빨을 드러내고 으르렁거렸다. 그리고 집수리를 할 때는 쓰레기를 이웃집 문 앞에 수북이 쌓아놓았다. 한마디로 '싸가지'가 없다는 게 동네 평판이었다.

훗날, 잘나가던 회사가 부도 위기에 처하면서 현자와 그 사장은 동네 길거리에서 마주치곤 했는데, 그때는 현자도 보행이었고 그 역시 차가 없었다.

그의 얼굴엔 미소가 어려 있었고 예전의 뻔뻔함도 찾아보기 힘들었다. 그 집 사냥개도 목에 끈이 달려 있었고, 그는 이웃집 아이를 만나면 머리를 쓰다듬어주곤 했다. 하지만 그는 여전히 좋은 인상을 주지 못하고 있었다.

하루는 현자가 우연히 그 사람과 은혜와 원한에 대한 이야기를 나누게 되었다.

현자가 말했다.

"실의에 빠졌을 때 진 빚은 득의할 때 갚을 수 있지만, 득의할 때 진 빚은 실의해서 갚을 수 없다고 했소."

현자는 별생각 없이 던진 말이었지만, 그 사람은 유심히 새겨들은 것 같았다. 뭔가를 깨달은 듯 말없이 돌아갔다.

그후 그는 다시 회사 일에 전념했다. 그래서 마침내 회사가 다시 정상궤도에 올라섰고, 그는 또다시 승용차를 몰고 다녔다. 하지만 그 승용차는 동네 길거리에서 요란하게 클랙슨을 울려대지도 않았고, 비라도 내리는 날이면 물이 튀어 행인들에게 피해를 입히지 않으려고 아주 조심스레 지나갔다. 그의 얼굴에는 항상 겸손함이 흘러넘쳤고, 이웃집 아이를 만나면 여전히 머리를 쓰다듬어주었다.

얼마 후 그는 이사를 하게 되었는데, 동네 사람들이 모두 나와 아쉬운 표정으로 배웅하면서 진심 어린 목소리로 말했다.

"나중에 꼭 놀러오세요!"

대인관계에 관한 네 마디

첫째, 사람을 사람으로 취급하라.

둘째, 사람을 자기처럼 대하라.

셋째, 나 자신을 다른 사람으로 생각해보라.

넷째, 자기를 자기답게 대하라.

 # 옥을 못 알아보고

중국 위(魏)나라 때 한 농부가 밭을 갈다가 높이가 한 척이나 되는 옥돌을 발견했다. 하지만 농부는 그것이 옥이라는 사실조차 몰랐고, 나중에 그 사실을 알게 된 이웃집 사람은 그것을 빼앗을 욕심으로 거짓말을 했다.

"이건 아주 불길한 돌이어서 이걸 갖고 있다간 큰 화를 입게 되네. 그러니 일찌감치 내다버리게!"

그 말을 들은 농부는 조금 걱정이 되긴 했지만, 왠지 그냥 내다버리기에는 아까웠다. 일단 농부는 하루만 두고보기로 하고 옥을 방 안에 놓아두었다. 그런데 밤이 되자 옥이 눈부시게 빛나면서 집 안이 환해지는 것이었다. 깜짝 놀란 농부가 이웃집으로 달려가 그 사실을 말해주었다.

"그게 바로 귀신의 조화라니까! 당장 내다버려야 해!"

이웃집 사람의 말에 농부는 하는 수 없이 그 옥을 집에서 먼 들판에 내다

버렸다. 그러자 몰래 농부의 뒤를 밟은 이웃사람은 얼른 그 옥돌을 주워
다가 위왕(魏王)에게 바쳤다.

위왕은 그 옥돌을 감별하기 위해 전문가를 불러들였는데, 옥 전문가는
그 옥돌을 보자 털썩 무릎부터 꿇었다.

"세상에 태어나서 이렇게 크고 귀한 옥을 본 적이 없습니다! 이건 세상
에 둘도 없는 보배이옵니다!"

"호! 그런가? 그럼 얼마치나 하겠는가?"

전문가가 대답했다.

"이는 돈으로 가늠할 수 없는 보배입니다. 세상을 다 뒤집어도 이런 보
배는 찾을 수 없을 것입니다."

그 말을 들은 위왕은 크게 기뻐하며, 그 자리에서 옥을 바친 농부의 이
웃에게 황금 천 냥과 대대로 먹고살 수 있는 영지를 떼어주었다.

근면과 성실도 미덕이지만, 보물을 볼 줄 아는 눈도 지니고 있어야 한다.

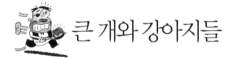

큰 개와 강아지들

유럽과 아시아의 관문인 터키 이스탄불에 큰 보석상을 낸 그리스인이 있
었다.

상인은 경호를 위해 실력이 빼어난 터키 무사를 고용했는데, 그에게 다
른 사람들보다 월등한 보수를 지불했고 무사도 경호원 노릇을 훌륭히 해
냈다.

그런데 한 달쯤 지나자 세 명의 무사가 찾아와서는, 자신들이 경호를 도

맡아주겠다고 제안했다. 그들 세 명이 요구하는 보수를 전부 합쳐봐야 현재의 무사 한 명 몫밖에 안 되었다. 한참 머리를 굴린 상인은 결국 한 달 뒤부터 그들의 경호를 받기로 약속했다.

무사도 뒤이어 그 소식을 접했다. 주위의 누군가는 그 세 명이 경호를 맡기 전에 미리 본때를 보여주라고, 자칫 그들 셋이 한꺼번에 덤비기라도 하면 끝장이라고 귀띔해주었다. 하지만 무사는 애써 아무 일 없다는 듯이 태연히 행동했고, 상인이 차린 연회석상에도 자연스럽게 참석했다.

"사장님, 듣자니 이제 나와의 계약을 끝내려는 모양이던데, 사람들은 다들 내 신변 안전을 걱정하더군요. 하지만 난 사장님이 그렇게 암수나 뻗칠 소인배로 보진 않습니다."

무사가 말을 이었다.

"그건 그렇고, 나는 또 나 대신 다른 세 명을 경호원으로 쓰려고 하는 일 갖고도 별로 신경 쓰고 싶지 않습니다. 사장님께서 잘 알아서 결정하리라 믿으니까요. 다만 제가 이야기 하나 해드릴까 합니다."

그러면서 어떤 목동의 이야기를 들려주었다.

양떼를 치는 한 목동이 사냥개 한 마리를 훈련시켜 양떼를 지키게 했는데, 하루는 어떤 사람이 이러는 것이었다. 큰 개 한 마리 키우자면 식량도 적잖이 들 텐데 그런 개를 무엇 하러 먹이고 있냐고, 차라리 남에게 팔아치우라고.

듣고 보니 그럴듯했다. 지출을 줄이기 위해서는 큰 개보다 강아지 두세 마리를 기르는 게 낫다고 생각했다.

하지만 목동은 큰 개가 강아지 세 마리보다 확실히 많이 먹긴 하지만, 늑대를 만나면 혼자서도 대적할 수 있고 강아지들은 늑대의 상대가 될 수 없다는 사실을 미처 알지 못했다.

"목동은 큰 개를 팔아 강아지 세 마리로 바꿨고 당연히 지출은 줄어들었 겠지요. 하지만 그날 저녁 늑대가 나타나자 강아지들은 모두 꼬리를 내 리고 도망치기 바빴죠. 사장님이라면 어떤 선택을 했을지 궁금하군요."

말을 다 듣고 난 상인은 무사더러 계속 경호를 해달라고 부탁했다.

경험이 수반되지 않은 지식은 매우 천박하다.

경험만이 최상의 증명이다.

 # 가시넝쿨 대신 소나무를

농부의 집 마당에 때아닌 찔레나무 가시넝쿨이 생겨나서 어린 아들이 가 시에 손가락을 찔리곤 했다. 농부는 이 가시나무를 뽑아버렸는데, 한동 안 뜸하다가도 이듬해만 되면 또다시 그 자리에 자라나는 것이었다.

농부가 마을의 한 노인에게 여쭤보았다. 그러자 노인은 가시나무를 뽑 아버린 뒤 그 자리에 소나무 한 그루를 심어놓으라고 일러주었다.

그 말에 따르자 과연 이듬해에는 소나무만 자랄 뿐, 그토록 고집스럽고 귀찮던 가시나무는 더 이상 움을 틔우지 못했다.

즐거운 사물로 불쾌한 사물을 대체할 줄 알아야 한다. 빈집을 청소한 후 그 집을 나쁜 사람이 점유하지 못하게 하는 가장 좋은 방법은 그곳에 좋은 사람을 살게 하는 것이다.

더러운 생각을 몰아내려면 그것을 생각하지 않는 데만 그칠 것이 아니라 새로운 것으로 대체함으로써 새 분위기를 꾸미고 새로운 생각을 배양하는 것이 가장 효과적이다.

실의를 떨쳐버리려면 단순히 실패를 인정하는 데 그쳐서는 안 된다. 한 가지 희망이 사라졌다면 새로운 희망으로 대체해야 한다.

6

호랑이의 고독
| 변화와 신념의 힘 |

당신의 마음속에 식지 않는 열과 성의를 가져라. 그러면 인생의 빛을 얻으리라. 정직과 성실을 벗으로 삼아라. 아무리 친한 벗이라도 당신 자신으로부터 나온 정직과 성실만큼 당신을 돕지는 못할 것이다. 백 권의 책보다 단 한 가지의 성실한 마음이 사람을 움직이는 더 큰 힘이 된다.

– 벤자민 프랭클린

입지전적인 인물

한 마을에 A와 B라는 청년이 살고 있었다.

두 청년은 거의 같은 시기에 마을 야산의 채석장 개발에 뛰어들었는데 A는 돌을 잘게 부수어 자갈로 건축업자들에게 팔았고, B는 석재 가공 공장을 차려 대리석을 만들어 팔았다. 그렇게 3년이 지나자 B는 그 마을에서 제일 큰 부자가 되었다.

훗날 그린벨트 법안이 발효되고 환경보존이 강화되어 더 이상 돌을 캐내지 못하고 나무만 심을 수 있게 되었다. 채석장이었던 산은 이제 커다란 농장으로 변해 있었다. 산 능선을 따라 주렁주렁 달린 배가 마을 사람들을 먹여살렸다. 가을 수확철마다 사방에서 상인들이 몰려들었고, 마을은 맛있는 배의 주산지로 명성을 떨쳤다.

그런데 사람들이 배를 팔아 짭짤한 수입을 올리고 있을 무렵, B는 느닷없이 자기가 소유한 과수원을 처분하고 버드나무를 심기 시작했다.

그는 상인들이 배를 못 살 걱정은 안 해도, 그 배를 담아갈 광주리가 부족해서 야단이라는 점을 알았다. 그의 광주리 사업은 곧 대성공을 거두었고, 그렇게 5년이 지나자 B는 그 고장에서 알아주는 부호로 거듭났다.

몇 년 후, 그 고장을 가로지르는 철길이 놓였다. 마을 사람들도 이젠 기차만 타면 어디든 쉽게 이동할 수 있게 되었다. 그렇게 교통편이 나아지자 마을 사람들도 이제는 과수농사에서 벗어나 과일을 가공하는 산업에 눈을 뜨게 되었다.

많은 사람들이 돈을 모아 배 가공 공장을 세우려고 할 때, B는 다시 과수원을 사들여 한쪽에 높이 3미터, 길이 백 미터쯤 되는 담을 쌓았다. 그 담은 철길을 향해 세워졌는데, 보기 좋은 버드나무 숲 너머로 드넓은 배나무 농장이 펼쳐져 있었다.

기차를 탄 승객들은 그곳을 지날 때마다 끝없이 펼쳐진 배꽃에 시선을 빼앗기다가 문득 커다란 광고판을 보게 되는데, B가 바로 그 담의 주인이었다. B는 그런 식으로 매년 수천만 원의 부가수입을 올릴 수 있었다.

그로부터 10년 후, 세계 굴지의 그룹을 거느린 모 회장이 그곳을 방문했다가 사람들 사이에서 입지전적인 인물로 알려진 B의 이야기를 듣고, 호기심에 그를 한번 만나보기로 했다.

회장 일행이 찾아갔을 때, B는 때마침 자기 가게 앞에서 골목 하나를 사이에 두고 맞은편에 위치한 가게 주인과 입씨름을 벌이고 있었다.

사연을 알아보니 똑같은 양복 한 벌을 B의 가게에서는 5만 원에 파는데 맞은편 가게에서는 4만5천 원에 팔았고, B가 4만5천 원에 팔면 맞은편 가게는 또 4만 원에 판다는 것이었다. 가게를 그런 식으로 운영하다 보니 B는 한 달에 겨우 다섯 벌밖에 못 파는데, 맞은편 가게는 무려 40벌이나 팔았다는 것이다.

사연을 알고 난 그룹 회장의 얼굴에는 곧 실망감이 감돌았다.

"아무래도 내가 헛소문을 믿었나 보군. 양복 몇 벌 파는 일조차 남보다 못하지 않은가!"

그 지역 사람들에게 널리 회자되어 있던 B에 대한 전설이 모두 말풍선처럼 느껴졌다.

그러나 그런 실망도 잠시뿐, 얼마 후 그 뒤에 숨겨진 진짜 이야기를 듣고 나서는 그 즉시 B에게 악수를 청하며 그룹의 자회사 하나를 맡아달라고 부탁했다.

사연인즉, 그 맞은편 가게 역시 B가 소유하고 있는 가게였던 것이다.

성공이란 왕왕 한 발 먼저 생각하는 사람에게 주어진다.

세상에는 세 종류의 사람이 있다. 첫째는 무엇을 창조하는 소수의 사람이요, 둘째는 무엇이 창조되는지를 구경하는 수많은 사람이요, 셋째는 무엇이 창조되는지를 모르는 대다수의 사람이다.

쥐의 변신

숲 속에 사는 어떤 쥐는 매우 우울해했다. 자신이 크기도 작고 재주도 없으며, 동물 중에서 가장 하찮은 존재라고 생각했던 것이다. 그래서 자기를 노리고 쫓아다니는 고양이가 그렇게 부러울 수가 없었다.

어느 날 이 쥐는 산신령을 찾아가 자기를 고양이로 변하게 해달라고 사정했다. 산신령은 하는 수 없이 쥐를 고양이로 변신시켰다.

며칠 동안 우쭐거리며 다니던 고양이에게 또 골칫거리가 생겼다. 이번에는 개가 무서웠기 때문이다. 그래서 또 산신령을 찾아가 개로 만들어달라고 떼를 썼다.

그런데 개가 되고 나니 또 늑대가 무서워지는 것이 아닌가! 그래서 또다시 산신령을 찾아갔고, 그렇게 변신에 변신을 거듭한 쥐는 마침내 숲 속의 거인 코끼리로 변했다.

큰 덩치로 위풍당당하게 숲 속을 돌아다니자 동물들 모두 예의를 차리며 공경해마지 않았다. 비로소 소원을 이룬 셈이었다.

그런데 얼마 지나지 않아 또 다른 문제에 직면했는데, 코끼리가 가장 무서워하는 것이 다름 아닌 쥐였던 것이다. 코끼리로 변신한 쥐의 눈에 그 작은 쥐가 그렇게 위대해 보일 수가 없었다. 그래서 다시 산신령을 찾아갔다…….

더 나은 자리를 찾느라 두리번거리느니 차라리 자기 자리에서 가장 훌륭한 자기를 만들어라.

사랑의 동반자

한 부인이 대문을 열어보니 백발이 성성한 세 명의 노인이 서 있는 것이었다. 전혀 모르는 노인들이었지만, 부인은 다가가서 말을 걸었다.

"할아버님들 몹시 시장해 보이시는데, 기왕 오셨으니 저희 집에 들어가셔서 식사라도 하시겠어요?"

"우리 셋은 함께 들어갈 수가 없소이다."

노인들이 이구동성으로 말했다.

"왜요?"

부인이 의아해했고, 그 중 한 노인이 두 노인을 가리키며 말했다.

"저 친구 이름은 부귀이고 저 친구는 성공이지. 그리고 나는 사랑이라 하오. 집에 들어가서 남편과 잘 의논해보시오. 우리 셋 중에서 누구를 집으로 들일 것인가 하고 말이야."

부인은 노인이 시키는 대로 집 안으로 들어가 남편에게 말해주었다.

남편이 반색하며 말했다.

"그렇다면 부귀 노인을 모시도록 합시다."

그러나 부인은 고개를 저었다.

"여보, 성공 노인을 모시는 게 더 좋지 않겠어요?"

그런데 이때 옆에서 듣고 있던 딸이 이렇게 말했다.

"사랑 노인이 더 좋지 않을까요? 우리 집안에 사랑이 가득 넘치게 말이에요."

"그래, 우리 딸아이의 말대로 합시다!"

남편이 말했고, 부인도 그에 따르기로 하고 밖으로 나갔다.

"아까 어느 분이 사랑이라고 하셨던가요?"

사랑 노인이 성큼성큼 대문 안으로 들어서자 이윽고 다른 두 노인도 그 뒤를 따랐다.

"?"

부인은 영문을 알 수가 없어서 부귀와 성공 두 노인에게 물었다.

"저희는 사랑 노인만 청했는데, 왜 두 분까지 들어오시는 거죠?"

두 노인이 대답했다.

"사랑이 있으면 부귀와 성공도 함께 하는 거외다!"

사랑은 우리에게 행복과 관련되는 물건들을 가져다준다. 그리고 사랑은 모든 불행과 관련되는 물건들을 제거해주기도 한다.

어떤 한 사랑이 거부당하면, 수백 개도 넘는 다른 사랑이 기다리고 있다는 것을 알아야 한다. 세상에는 진실된 사랑이 무수히 기다리고 있다. 온정을 실행하려면 당신의 몸을 사용하라.

 ## 못

성격이 아주 못된 아이가 있었다.

하루는 아버지가 그 아이에게 못을 한 줌 주면서 성질을 부리거나 사람들과 싸웠을 때마다 울바자에다 못을 하나씩 박아놓으라고 했다.

첫날, 아이는 서른일곱 개의 못을 박았다. 그로부터 아이는 차츰 스스로 기분을 억제하는 걸 터득했다. 따라서 매일 박는 못의 개수도 점점 줄어들었다. 아이는 자신의 기분을 억제하는 것이 울바자에다 못을 박는 것보다 쉽다는 것을 알게 되었다. 끝내 못을 하나도 박지 않는 날이 왔다.

아이는 이 기쁜 소식을 아버지께 알려드렸다.

아버지가 말했다.

"오늘부터는 네가 하루에 한 번도 성질을 부리지 않았으면 여기에 박아 놓은 못들을 하나씩 뽑아내도록 하거라."

하루하루 지나면서 아이는 끝내 박아놓은 못들을 모두 뽑아냈다. 아버지가 아이를 울바자 쪽으로 데리고 와서 말했다.

"아들아, 아주 잘했어. 그런데 이 울바자에 난 못 구멍들을 보려무나. 이 구멍들은 아마 영원히 없어지지 않을 테지. 같은 이치로 네가 누구랑 다투다가 입에 못 담을 욕설이라도 퍼붓는다면 너는 그 사람 마음에 지울 수 없는 상처를 남겨주게 되는 거란다. 이 못 구멍처럼 말이다."

칼로 사람의 몸을 찍었다가 빼내면 그 상처는 아물기 어렵다. 당신이 아무리 사과하고 빌어도 상처는 그대로 남아 있다.

우리는 육체의 상처와 마음의 상처 모두 아물기 어렵다는 걸 알아야 한다. 당신의 친구들은 당신에게 아주 소중한 재산이다. 그들 모두 당신을 즐겁게 할 것이요, 당신을 더 용감하게 만들 것이다.

 # 무모한 도전

시장 한복판에 좌판을 벌이고 고기를 파는 고기장수가 있었다.

그날도 북적거리는 행인들을 상대로 부지런히 고기를 끊어 팔고 있는데, 느닷없이 공중에서 매 한 마리가 날아와서는 매대 위에 놓인 돼지고기 한 덩이를 덥석 낚아채는 것이었다.

"아니, 저놈이!"

화가 치민 고기장수가 소리치며 길길이 날뛰었지만, 유유히 하늘 위로 날아오르는 매를 어쩔 도리가 없었다.

고기장수가 비분강개하며 소리쳤다.

"분하다! 만약 내게 날개만 있었어도 네놈을 붙잡았을 텐데!"

고기장수는 그날 파장을 하고 집으로 돌아오는 길에 평소 자신이 다니던 절을 찾아갔다. 그리고 불상 앞에 머리를 조아리고는 독수리가 되어 하늘을 날 수 있게 해달라고 빌었다.

그런 고기장수의 행동은 그날 이후 날마다 되풀이되었다. 그러자 그 모습을 지켜보던 동네 젊은이들이 모여서 쑥덕거렸다.

"저 친구, 오늘도 독수리가 되게 해달라고 불공을 드리는군."

"쯧쯧! 언제까지 저렇게 한심하게 굴 건지 원……! 우리 이러지 말고 말이야……."

동네 젊은이들은 그 고기장수를 놀려주기로 마음먹었다. 그래서 이튿 날, 한 친구가 미리 불상 뒤에 숨어 있다가 고기장수가 예불을 올리자 이렇게 말했다.

"네 정성이 갸륵하여 소원을 들어주겠다. 그러니 마을로 돌아가 큰 나무에 기어올라가보거라."

그 말을 부처님의 목소리로 알아들은 고기장수는 너무너무 좋아라 하며 그 즉시 마을로 뛰어가 제일 키가 큰 나무 위로 기어올랐다.

나무가 워낙 커서 까마득했지만, 고기장수는 이를 악물고 기어올라갔다. 그래서 마침내 나무의 맨 꼭대기까지 기어오를 수 있었다.

고기장수가 아래를 굽어보면서 걱정스러운 듯 중얼거렸다.

"이거 정말 겁나게 높은데…… 내가 정말 날 수 있을까?"

그때 동네 젊은이들이 나무 아래로 몰려나와 그를 향해 말했다.

"야, 저 나무 위에 큰 독수리가 앉아 있네. 저렇게 덩치 큰 독수리도 날수 있나?"

"독수리라면 당연히 날겠지!"

그 말을 들은 고기장수는 속으로 무척 기뻤다. 자기가 정말 독수리로 변신해 있는 줄 알았던 것이다.

"그래! 독수리가 됐는데 날지 못할 이유가 없지!"

고기장수는 이윽고 두 팔을 활짝 펴고 발을 굴러 나뭇가지에서 '날아' 내리기 시작했다. 그런데 어찌된 영문인지 아무리 몸부림을 쳐도 몸이 떠오르기는커녕 점점 밑으로 곤두박질치는 게 아닌가!

"아!"

후회가 밀려왔지만, 때는 이미 늦었다. 다행히 그가 떨어진 곳은 잡초가 우거진 곳이라 크게 부상을 입지는 않았다.

간신히 몸을 추스르는 고기장수 주위로 동네 젊은이들이 몰려와 재미있어죽겠다는 듯이 웃고 떠들었다.

고기장수가 볼멘소리로 중얼거렸다.

"씨, 난 지금 두 날개를 다쳐서 그런 거야. 날 수 없는 게 아니라고!"

먼저 자기 분수를 알아야 그에 맞는 일을 찾아 할 수 있다. 큰 재주만 익힐 생각으로 분수를 모르고 날뛰면, 즉 주제파악을 못하고 자기 능력 밖의 일을 감행하려 하면 아주 위험한 결과를 초래할 수 있다.

어떤 일에 실패했을 때, 마음이 옳지 못하고 실력이 부족했기 때문이라는 사실을 알아야 한다. 설사 일이 잘 되었더라도 그것은 운이 좋았든지 다른 사람의 도움 덕분이라고 생각하라. 이렇게 생각할 수 있는 사람의 마음이 진실하며 그릇이 큰 것이다. 그릇이 작은 사람일수록 성공하면 제 자랑으로 삼고 실패하면 남의 탓으로 돌린다.

행복의 씨앗

두 청년이 행복을 찾아 먼 여행을 떠난 끝에 마침내 천사를 만났다. 그러자 천사는 그들에게 행복의 씨앗을 한 알씩 나눠주었다.

첫 번째 청년은 그 씨앗을 가지고 집으로 돌아가 자기 밭에 심었다. 그러자 얼마 후 땅에서 싹이 났고, 매일 정성스레 돌봐주었더니 이듬해에는 과일이 주렁주렁 달리는 큰 과실수가 되었다. 청년은 그것을 기반으로 열심히 일한 끝에 마침내 커다란 과수원까지 소유할 수 있게 되었다.

두 번째 청년은 씨앗을 가지고 돌아가서 신단을 세우고 날마다 행복을

온 정성을 다해 키운 것은
보기만 해도 즐겁고 행복하다.

기원하며 기도를 올렸다. 하지만 그는 머리가 하얗게 변하도록 여전히 가난에 허덕였다.

이에 화가 난 그가 다시 천사를 찾아가, 자신을 속인 것이 아니냐고 항의했다. 그러자 천사는 웃음만 짓고 있다가 똑같이 씨앗을 받은 첫 번째 사람을 찾아가보라고 했다.

첫 번째 사람이 일군 커다란 과수원을 보고 난 두 번째 사람은 비로소 뭔가를 깨우쳤다. 그래서 즉시 집으로 돌아가 신단에 모셔두었던 씨앗을 밭에 심었다.

하지만 그 씨앗은 이미 썩어버려 싹을 틔울 수가 없었다.

작은 꽃 한 송이를 피우는 데도 오랜 노력이 필요하다. 한 기업의 성공은 경영자의 부단한 노력에 의해 가능해진다.

태초에 행동이 있었다. 끊임없이 노력하는 사람에게 구원이 있었다. 어제의 불가능을 오늘 현실로 구체화시키는 힘은 끊임없는 노력뿐이다.

우리가 해야 할 일은 어떤 기회를 만났을 때 가능한 모든 수단을 통해 결과를 얻어내려고 고군분투하는 것이지 기다리기만 해서는 아무것도 얻을 수 없다.

 보검

한 덩이의 무쇠가 수많은 연마와 제련과정을 거쳐 강철이 되었고, 마침내 검객이라면 누구나 탐낼 만한 보검이 되었다.

이 놀라운 변신과정을 죽 지켜본 석탄이 보검에게 물어보았다.

"넌 손가락으로 살짝만 눌러도 휘어지지만 세상의 그 어떤 것도 자르지 못할 것이 없으니 어떻게 그럴 수가 있는 거지?"

이에 보검이 겸허하게 대답했다.

"내 근본은 무쇠에 있는 거야. 훌륭한 검은 훌륭한 강철로 만들어지고, 훌륭한 강철은 모두 무쇠로부터 비롯되지. 그런데 무쇠는 자연에 가까운 것이라 아주 단단하지만, 훌륭한 검은 결코 단단해서 좋은 것이 아니지. '너무 강하면 쉽게 꺾인다' 는 말처럼 오랜 시간 반복적인 연마과정을 거쳐야 비로소 나처럼 굽힐 수도, 강할 수도 있는 법이지."

한 인간의 성장 역시 이와 같은 연마과정을 필요로 한다. 성장과정에서 뒤따르게 마련인 시련과 고난은 모두 한 인간의 성장에 밑거름이 된다.

훌륭한 검이 되려면 남들과 적당히 타협할 줄 아는 능력도 키워야 한다. 진정 훌륭한 인재는 자기 원칙을 지킴과 동시에 타협을 알며, 그래서 일을 결과적으로 자신이 기획한 대로 끌고 나간다. 완고하게 자기 원칙과 주장만 내세우다간 자기만 상처입고 만다.

 # 두 갈래 철길

두 갈래의 철길 위에서 아이들이 놀고 있었다. 그 중 하나는 현재 사용 중인 철길이고, 다른 하나는 오래 전에 폐쇄된 철길이었다. 대다수의 아이들이 사용 중인 철길에서 놀고 있었고, 단 한 명만 폐쇄된 철길에서 놀고 있었다.

공교롭게도 때마침 기차가 달려오고 있는데, 이때 당신은 철로변환기

[converter] 옆에 서 있다. 따라서 당신은 당장 기차의 진행 방향을 폐쇄된 철길 쪽으로 틀어 다수의 아이들을 구할 수 있지만, 대신 폐쇄된 철길에서 놀고 있는 한 아이는 희생해야 한다. 이런 경우 당신은 어떻게 할 것인가?

많은 사람들이 다수의 아이들을 선택할 것이다.

하지만 문제는 그렇게 간단하지 않다. 폐쇄된 철길에서 놀고 있는 아이를 선택해야 옳은 것이다. 왜냐하면 폐쇄된 철길이기 때문에! 다수의 아이들은 놀지 말아야 할 곳에서 놀았기 때문에 그들을 선택하는 행위는 틀린 것이다.

그렇다면 대체 왜 정당한 선택을 한 아이가 잘못된 선택 때문에 희생당해야 하는가?

인간은 무리 지어 사는 동물이다. 일부러 은둔을 즐기는 사람을 제외하고, 스스로 집단을 이탈한다는 것은 자아 훼멸을 자초한다.

정글에서 사자와 어울리는 가장 좋은 방법은 자신이 사자가 되는 것이다. 사자들의 공격을 일방적으로 저지하려고 맞서다간 결국 사자 밥이 되고 만다.

 ## 일분일초도 소중하다

병원 복도에는 명의로 이름난 의사의 진찰을 기다리는 사람들로 꽉 차 있었다. 무더운 날씨에 냉방도 되지 않아 후텁지근했지만 사람들은 아주 조용히, 인내심 있게 기다리고 있었다.

그런데 갑자기 한 노인이 자리에서 일어나더니 담당 간호사를 불러 말했다.

"아가씨, 난 3시에 약속한 사람인데 벌써 4시가 다 되어가고 있소. 더는 기다릴 수 없으니 다음날로 예약을 변경해주시오."

그러자 옆에 있던 부인이 자기와 함께 온 다른 부인에게 속삭였다.

"저 영감님, 보아하니 여든 살도 넘어 보이는데 무슨 바쁜 일이 있다고……."

그 소리를 들은 노인이 그 부인을 쳐다보며 말했다.

"그렇소. 내 나이 지금 여든다섯이오. 때문에 난 내 인생의 일분일초도 낭비하고 싶지 않단 말이오."

시간이야말로 그 어떤 것과도 바꿀 수 없는 귀중한 보물이다. 그러나 안타깝게도 우리는 그 보물이 거의 바닥날 때가 되어야 비로소 그것의 소중함을 깨닫는다.

 강을 건너는 노인

배낭을 메고 곳곳을 여행하던 청년이 어느 강가에 이르렀을 때였다. 어떤 노인이 옷을 훌훌 벗더니 그 옷가지를 추켜들고 강을 건너는 것이었다.

때는 강의 가장자리에 살얼음이 끼는 추운 겨울이었다. 노인에게 무슨 탈이라도 생기지 않을까 염려되었던 청년이 소리쳐 말해주었다.

"저 아래쪽에 다리가 있어요!"

"그건 나도 알고 있네."

노인은 그렇게 대꾸하고는 한기가 뼛속까지 스며드는 차디찬 강물을 건너갔다.

그뒤로도 몇 명의 젊은이들이 그곳에 도착해 청년에게 부근에 다리가 없느냐고 물었다. 그때마다 청년은 상류로 5킬로미터쯤 가면 다리가 있고, 하류로 4킬로미터쯤 가면 나루터가 나온다고 말해주었다. 그래서 누구는 상류로, 누구는 하류로 제각각 떠나갔다. 어떤 이는 에돌아가는 길이 너무 멀다고 생각되었는지 신발을 벗고 조심조심 물에 들어서더니 찬 강물이 무릎께에 이르자 멈추었다. 그러고는 조심조심 되돌아와 신발을 신고 다리를 찾아갔다.

노인이 저 멀리 반대편 강 언덕에 거의 다다랐을 무렵, 청년은 갑자기 무언가를 깨달았다.

"……!"

그렇다! 수많은 젊은이들은 열 번, 스무 번, 백 번, 천 번 먼길을 에돌아가는 과정에서 차츰 자신이 늙어가고 있다는 사실을 발견하게 될 것이다……!

인생을 허비해서는 안 된다. 목표를 뚜렷이 하고 뚜벅뚜벅 나아가야지, 에돌아가는 것이 지름길은 아니다. 강한 신념이 강한 인간을 만든다. 신념에 따라 결정하고 신념에 따라 행동하라.

나는 할 수 있다. 나는 해낸다. 나에게는 저력이 있다. 나에게는 오로지 전진뿐이다. 이런 신념을 지니는 습관이 당신의 목표를 달성시킨다.

하늘을 향한 원망

해변을 거닐던 한 철학자는 뜻하지 않은 불운한 장면을 목격하고 말았다. 해안에서 멀찌감치 떨어진 바다 한복판에서 배가 침몰했는데, 그 배에 탄 사람들 중 누구도 살아남지 못했다. 그가 신을 원망했다.

"맙소사, 하느님도 무심하시지!"

그 배는 죄수 수송용 선박이었다. 그 배에 탄 죄수 한 명 때문에 무고한 사람들이 모두 희생되었던 것이다.

> ● ● ●
>
> 자기를 반성하는 사람은 닥치는 일마다 모두 약석(藥石)이 되고, 남을 탓하는 사람은 생각하는 것마다 모두 창과 칼이 되는지라 한 편은 숱한 선의 길을 열고, 한 편은 온갖 악의 근원이 되나니 그 서로의 다름이 하늘과 땅 사이 같으니라.
> ─『채근담』

바로 그때 철학자의 종아리가 따끔했다. 돌아보니 자신이 숱한 개미떼에 포위되어 있었다. 그가 서 있던 자리가 마침 개미굴이었고, 개미 한 마리가 종아리를 물어뜯고 있었다.

"이런, 괘씸한!"

철학자는 자기를 문 개미뿐만 아니라 주위에 몰려 있던 개미들을 모조리 밟아 죽였다.

바로 그때 신이 나타나 지팡이로 철학자를 툭툭 치면서 말했다.

"그런 식으로 저 무고한 개미들을 대하면서 어떻게 나를 무심하다고 욕할 수 있지?"

다른 사람 얼굴에 묻은 오점을 발견하긴 쉬워도 자기 얼굴에 묻은 오점은 발견하기 힘들다.

남을 질책하고 원망할 때 먼저 자신에게 자문해보라. 나 스스로 부족했던 점은 없는가 하고. 그리고 명심하라. 내 집게손가락이 남의 코끝을 가리킬 때 그 중지와 무명지, 약지 모두 자기 자신을 향하고 있다는 사실을!

52년 만의 성과

프랑스 마르세유에 다미르라는 경관이 있었는데, 그는 한 소녀를 강간·살해한 범인을 체포하기 위해 10미터가 넘는 자료와 서류더미를 뒤졌고, 세계 곳곳을 찾아다녔고, 30여만 통의 전화 통화를 했으며, 범인을 추적한 길이만도 무려 80여만 킬로미터에 이르렀다고 한다.

그렇게 수십 년 동안 범인 추적에만 매달렸으니 집안 꼴이 말이 아니었다. 부인과 자식들도 모두 그의 곁을 떠났다.

하지만 그는 결코 포기하지 않고 52년 만에 그 범인을 체포하는 데 성공했다. 범인의 손목에 수갑을 채울 때 그는 73세의 할아버지였다.

"가엾은 소녀가 이제야 편안히 눈을 감을 수 있겠구나. 나도 이제 그만 쉬어야겠고……."

기자회견장에서 기자가 물었다.

"그렇게 오랜 세월 동안 이 한 가지 사건에 집착하셨던 이유라도 있습니까?"

다미르 경관이 가볍게 미소지으며 말해주었다.

"사람이 살아서 평생 한 가지 일만 잘해도 꽤 보람 있는 인생이라 할 수 있지 않겠소?"

평생 한 가지에만 매달리라고 말하는 것은 무리한 요구이다. 그러나 진정 의미 있고 가치 있는 한 가지를 해낸다는 것은 결코 쉽지 않다.

모든 분야에서 진짜가 아니면 통할 수 없는 시대가 되었다. 무엇이든 한 가지 이상의 진정한 능력을 갖추는 것이 생존의 지름길이다.

왕이 찾는 아이

백성을 사랑하는 현명하고 어진 왕이 있었는데, 안타깝게도 슬하에 자녀가 없었다. 그래서 한 아이를 양자로 삼아 왕위를 계승하기로 했다.

그런데 왕이 양자를 물색하는 방법이 무척 특이했다. 여러 아이들에게 꽃씨를 나누어주고 그 씨앗으로 가장 예쁜 꽃을 피워내는 아이를 선택하기로 한 것이다.

꽃씨를 받은 아이들 모두 온 정성을 다해 가꾸기 시작했다. 아침저녁으로 물을 주고 거름을 주고 흙을 북돋아주면서 어떻게든 자신이 행운아가 될 수 있기를 희망했다.

그런데 한 아이도 열심히 그 꽃씨를 보살펴주었건만 열흘이 지나고 보름이 지나도록 화분에 꽃은 고사하고 싹도 나지 않았다.

왕이 정한 날 아침, 대전 앞으로 수많은 아이들이 몰려왔는데 각자의 손에는 아름다운 꽃이 만개한 화분이 들려 있었다.

아이들 모두 잔뜩 기대 어린 눈길로 국왕을 올려다보고 있었다. 하지만 그 화려한 꽃들과 아이들을 둘러보는 왕의 표정은 밝아 보이지 않았다.

그러던 중 왕의 시선이 빈 화분만 들고 있는 사내아이한테 가서 멎었다. 왕이 기가 푹 죽어 서 있는 사내아이를 불러 물었다.

"얘야, 넌 어째서 빈 화분을 들고 있는 거냐?"

사내아이가 울먹이며 대답했다.

"아무리 정성을 들여 가꾸었지만, 제 꽃씨는 싹틀 기미조차 안 보이더라고요."

아이의 말을 듣고 있던 왕의 얼굴에 비로소 만족스런 웃음이 활짝 피었다.

왕이 아이를 덥석 안아올리면서 소리 높여 말했다.

"내가 찾고 있는 아이는 바로 이 아이다!"

"?"

참석자들 모두 이해할 수 없다는 표정을 지었고, 왕은 이렇게 말해주었다.

"내가 나눠준 것은 모두 삶은 꽃씨였다. 삶은 꽃씨가 어떻게 싹을 틔우고 꽃을 피운단 말인가!"

세상에는 수많은 가짜들이 있다. 그리고 그 가짜들은 일시적으로 사람들의 눈을 속일 수 있다. 하지만 가짜는 분명히 진실을 속여넘길 수가 없는 법이다.

> • • •
> 당신의 마음속에 식지 않는 열과 성의를 가져라. 그러면 인생의 빛을 얻으리라. 정직과 성실을 벗으로 삼아라. 아무리 친한 벗이라도 당신 자신으로부터 나온 정직과 성실만큼 당신을 돕지는 못할 것이다. 백 권의 책보다 단 한 가지의 성실한 마음이 사람을 움직이는 더 큰 힘이 된다.
> ─벤자민 프랭클린

 ## 달걀 하나의 꿈

한 마을에 찢어지게 가난한 농부가 있었는데, 하루는 그의 부인이 달걀 한 알을 사왔다. 그러자 아내의 손에 들린 달걀을 본 농부는 이렇게 홍얼거렸다.

"우리 이 달걀을 부화시켜 병아리로 만듭시다. 그 병아리를 키워서 암탉을 만들고, 그놈이 알을 낳으면 그 알을 다시 병아리로 만들고, 그렇게 닭이 늘어나면 그걸 팔아 양을 사는 거요. 그러면 그 양이 새끼를 낳을 거고, 그 새끼가 자라 다시 새끼를 낳으면 그걸 팔아서 소를 사고, 소가 새끼를 낳으면 또 새끼가 새끼를 낳을 거고, 그 소들을 팔아서 밭도 사고 새집도 하나 장만하고, 거기에 예쁜 애첩도 하나 얻고……."

내 꿈이
이토록 허망하게
깨지고 말다니...!
내가 너무 오버했나?

때와 장소에 맞게 말하고 행동하라.
자칫하면 실없는 사람으로 낙인 찍힐 수도 있다.

잠자코 남편의 말을 들어주던 부인이 애첩이라는 말에 발끈하여 들고 있던 달걀을 냅다 남편의 면상으로 집어던졌다. 가난뱅이 농부의 꿈은 그렇게 허망하게 깨져버렸다.

사람에게는 누구나 자신만의 꿈이 있다.

가난한 사람이라면 작은 것부터 시작해 차츰 키워나가야 한다. 계란 한 알을 소떼로 키우는 것처럼.

하지만 온갖 우여곡절을 통해 그 수많은 과정을 무사히 통과하지 못하면, 그것은 곧 부와의 인연이 없다는 것을 의미하며 아무리 많은 부를 얻는다 해도 제대로 쓰기 힘들다.

 # 어떻게 볼 것인가

한 노인이 버스터미널에서 쉬고 있는데, 한 청년이 다가와 물었다. 보아하니 돈 좀 벌겠다고 시골에서 이제 막 상경한 친구 같았다.

"이 도시는 살기가 어떻습니까?"

그러자 노인은 되레 이렇게 물었다.

"자네 고향은 어떤가?"

청년이 조금도 망설이지 않고 대답했다.

"말도 마십시오! 생각만 해도 넌덜머리가 납니다."

노인이 말했다.

"그럼 서둘러 여길 뜨는 게 좋겠군. 여기도 자네 고향과 마찬가지니까."

얼마 후, 또 다른 젊은이가 노인에게 똑같은 질문을 했다.

노인이 똑같이 젊은이의 고향에 대해 반문하자 젊은이는 이렇게 말했다.

"제 고향은 너무나도 살기 좋은 고장입니다. 물 좋고 인심 좋고, 그래서 꿈속에서라도 보고 싶은 곳이죠."

노인이 미소지으며 말해주었다.

"여기도 자네 고향 못지않게 좋은 곳일세. 그러니 한번 열심히 살아보게 나."

아까부터 가까이서 노인을 지켜보고 있던 사람이 모르겠다는 듯이 물었다.

"왜 똑같은 질문인데도 두 사람에게 해주는 말이 전혀 다르죠?"

노인이 짧게 대꾸했다.

"찾고자 하는 만큼 보이는 법 아니겠소."

부정의 심리는 실패의 철학을 형성하고, 긍정의 심리는 성공의 철학을 형성한다. 이것이 바로 가진 자가 더 갖게 되는 원리인 것이다.

 ## 생명의 체인

고집 세기로 유명한 대장장이가 있었는데, 쇠를 다루는 솜씨는 뛰어났지만 말수가 적고 성격이 괴팍해서 손님이 드물었다. 겨우 입에 풀칠이나 할 정도였다. 하지만 그는 사람들의 말 따위는 아랑곳하지 않고 의연히 자기 할 일에 매달렸다.

한번은 그가 정성을 기울여 만든 큼지막한 닻(錨)이 큰 유람선에 장착되었는데, 어느 날 갑자기 거센 풍랑을 만나 좌초될 위기에 처했다.

선원들은 다른 닻을 다 내렸지만 소용이 없었다. 다들 새끼줄처럼 툭툭 끊겨나갔는데, 그 고집 센 대장장이가 만든 마지막 닻줄만 무사했다. 천여 명이나 되는 승객들의 안전이 모두 그 닻줄 하나에 달려 있었다. 견고한 그 닻줄은 거인의 손아귀처럼 울부짖는 파도 속에서도 선체를 끄떡없이 붙잡아주었다.

여명이 밝아올 무렵 마침내 풍랑이 잠잠해졌고, 생명의 위험에서 벗어난 승객들은 모두 감사의 눈물을 뿌렸다.

누구나 자신의 가치를 인정받을 때가 있다. 하지만 사전에 부단한 노력 없이는 성공을 기할 수 없다.

한 걸음, 한 걸음 천천히 걸어가도 목적지에 이를 수 있다고 생각해서는 안 된다. 한 걸음, 한 걸음에 가치가 있어야 한다. 큰 성과는 가치 있는 일들이 모여 이룩되는 것이다. 실속 있는 성과를 얻으려면 한 걸음, 한 걸음마다 힘차고 충실하지 않으면 안 된다.

부는 움직인다

이집트 알렉산드리아에 한낱 장사치에서 시작해 유전까지 소유하게 된 거상이 있었다.

어느덧 죽음을 앞둔 그가 하나밖에 없는 아들을 불러 유언을 남겼다.

"얘야, 내가 한평생 열심히 일해서 네게 많은 재산을 물려주고 간다만, 재산보다 더 소중한 충고가 있으니 부디 명심하거라."

그러면서 세 가지 충고를 해주었다.

첫째, 부(富)는 움직이는 것이다. 돈이 많다고 함부로 뿌리고 다녀서는 안 된다.

둘째, 부(富)는 움직이는 것이다. 한번 잃은 돈을 아쉬워할 필요가 없다.

셋째, 부(富)는 움직이는 것이다. 돈에는 정해진 임자가 없으니 써야 할 때는 아낌없이 써라.

그러나, 상인이 죽고 나자 그 아들은 아버지의 충고를 까맣게 잊어버렸다. 다만 엄청난 재산을 소유하게 되었다는 기쁨에 들떠 바닷가에 호화 별장을 짓고, 친구들과 어울려 먹고 마시고, 계집질이며 도박 등 온갖 놀음을 일삼았다. 그러다 보니 화수분처럼 끝이 없어 보이던 부친의 유산이 채 1년도 안 되어 바닥을 드러냈다. 재산을 탕진한 것은 물론 별장도 저당 잡혔고, 평소 그렇게 따르던 친구들도 더 이상 보이지 않았다. 결국 수중에 남은 몇 푼으로 단칸방을 구하고 부잣집 잔심부름이나 해주면서 생계를 유지해야 했다.

자신의 처지가 그 지경이 되자 아들은 비로소 아버지의 충고를 떠올리고는, 그 충고를 따르지 않은 것을 후회했다. 그리고 그날부터는 두 번째 충고대로 이미 한번 잃은 부 때문에 탄식하는 일 없이 밤낮을 가리지 않고 열심히 일에 매달렸다.

그러던 어느 날이었다. 새벽일을 나가기 위해 방문을 열어보니 남루한 차림의 청년이 쓰러져 있었다. 아들은 얼른 그를 부축해주고 까닭을 물어보았다. 그는 국가고시를 치르기 위해 지방에서 올라온 수재였는데, 뜻하지 않게 강도를 만나 돈을 몽땅 빼앗겨서 그 지경이 되었다고 했다. 그의 처지가 안됐다고 생각하는데, 문득 아버지의 세 번째 충고가 떠올랐다. 그래서 얼마 안 되는 돈이나마 몽땅 털고, 아버지가 남겨준 금팔찌까지 그 청년에게 쥐어주었다.

그 청년은 얼마 후 국가고시에 합격했고, 3년 뒤에는 알렉산드리아의 총독으로 부임했다. 총독은 자신을 살려준 상인의 아들을 잊지 않았다. 즉시 그를 불러들여 총감이라는 관직을 주었고, 상인의 아들은 현명한 관리가 되어 몇 년 후에는 아버지 못지않은 큰 부자가 되었다.

재산은 인생의 곤경에서 사람의 마음을 안심시켜주기 위해 있는 것이지만, 인생은 재산을 모으기 위한 목적으로 있는 것이 아니다.

부를 움켜쥐기만 하고 쓸 줄 모르는 사람은 한마디로 재산을 가질 자격이 없는 사람이다.

 # 말과 당나귀

당 태종 때 장안 서쪽에 위치한 방앗간에 말 한 마리와 당나귀 한 마리가 있었다. 그 둘은 매우 절친했는데, 말은 밖에서 짐을 져 나르고 당나귀는 방앗간에서 맷돌을 돌렸다. 그러다가 말은 삼장법사(三藏法師)의 눈에 띄어 서역을 거쳐 인도로 가게 되었다.

그로부터 17년 후 말은 불경을 가득 싣고 돌아와 옛친구를 보러 방앗간을 찾아왔다. 말은 자기가 여정 중에 겪고 보았던 끝없는 사막과 구름 속에 솟구친 산봉우리, 까마득한 빙설 등 전설 같은 이야기를 들려주었다.

그러자 당나귀는 매우 놀라운 표정으로 말했다.

"그렇게 신기하고 먼 여정을 다녀왔구나! 난 상상도 할 수 없는 그런 길을 말이야!"

당나귀가 길게 한숨을 내쉰 다음 말을 이었다.

"사실, 그동안 우리 둘이 걸었던 거리는 비슷하다고 생각해. 네가 서역으로 가는 동안 나도 쉼 없이 걸었지. 다른 점이 있다면 너와 법사는 먼 목표가 있었기에 시종일관 한 방향으로 나아갔고, 그래서 광활한 세상을 볼 수 있었지만 난 눈을 가리운 채 오랜 세월 맷돌을 맴돌기만 했기 때문에 이 비좁은 공간을 벗어나지 못했던 거지."

결출한 지도자와 범부의 차이는 결코 천부적인 자질과 좋은 기회 때문만은 아니다. 목표 설정의 차이 때문인 경우가 많다.

 ## 대단한 하루

어느 날 아침, 케빈은 천장에서 떨어지는 물방울에 얼굴을 맞고 놀라 깼다가 방 안이 온통 물투성이임을 알았다. 그래서 급히 옷가지를 챙겨들고 양수기를 빌리러 가게 되었다.

급하게 계단을 뛰어내려와 차에 올라타려 하는데, 차바퀴 네 개가 모두 바람이 빠져 있었다. 다시 2층으로 뛰어올라가 전화를 걸려고 하는데, 하필 그때 벼락이 떨어져 하마터면 죽을 뻔했다.

간신히 정신을 차리고 밑으로 내려왔을 때는 펑크난 자동차마저 누군가 훔쳐가버린 뒤였다. 펑크가 났을 뿐만 아니라 기름도 얼마 없었기 때문에 그리 멀리 못 갔을 거라고 짐작한 케빈은 친구와 함께 추적하여 얼마 후 차를 되찾을 수 있었다.

초저녁에는 정장 차림을 하고 저녁파티에 가려 하는데, 방문이 물에 불어 열리지 않았다. 케빈은 목청이 쉴 정도로 사람을 불러서야 간신히 출입문을 부수고 외출할 수 있었다.

차를 몰고 10킬로미터쯤 갔을 때, 이번에는 뒤에서 어떤 차가 케빈의 승용차를 들이받았다. 케빈은 곧 병원으로 실려갔지만, 다행히 큰 부상이 아니어서 그날로 퇴원할 수 있었다.

집으로 돌아가 현관문을 열어보니, 천장이 무너져 새장은 부숴져 있고 그 안의 카나리아가 죽어 있었다. 황급히 새장 쪽으로 달려가다가 이번에는 카펫이 너무 미끄러운 탓에 뒤로 나자빠졌고, 다시 병원으로 실려가게 되었다.

케빈을 찾아온 기자가 물었다.

"오늘 당한 일련의 사고들에 대해 어떻게 생각하십니까?"

케빈이 대수롭지 않다는 투로 대답했다.

"아마 하느님이 나를 미워하셔서 죽음으로 몰아넣으려 했는데, 연거푸 실수를 하신 모양입니다."

매일 아침 우리는 두 가지 생존방식을 선택할 수 있다. 암울하고 비애에 젖어 '신 포도' 씹은 얼굴로 전전긍긍할 것인가, 아니면 모든 근심걱정을 털어버리고 열정적이고 낙관적이며 기쁘게 새 아침을 맞을 것인가.

우리가 집착하는 생명이란 짧은 순간에 불과한 것. 지나간 일은 돌이킬 수 없으며, 아무리 괴로워한들 아무 소용이 없다. 내일 또한 장담할 수 없는 법, 오직 아낌없는 노력으로 열심히 오늘을 살다 보면 근심걱정도 사라질 것이다.

한번 살다 가는 인생을 우울하고 참담한 기분 속에서 지낸다는 것은 인생을 낭비하는 것이다. 난관에 봉착했을 때도 밝고 명랑한 기분으로 웃을 줄 아는 사람이야말로 진정 오늘을 누릴 줄 아는 것이다.

 # 현실적인 요구

오스트리아를 점령한 나폴레옹이 전과가 높은 각 민족 병사들을 위로하여 포상하기로 했다.

그가 말했다.

"영웅들이여! 뭐든 갖고 싶은 것을 말하라. 내 다 들어주겠노라!"

그러자 맨 먼저 네덜란드 병사가 말했다.

"네덜란드를 수복하고 싶습니다!"

"문제없어!"

두 번째로 슬로바키아 병사가 말했다.

"저는 농부인데, 땅이나 좀 부치게 해주십시오!"

"그래, 땅은 얼마든지 갖게 될 것이다!"

세 번째로 독일 병사가 말했다.

"전 맥주 공장이나 하나 했으면 좋겠는데요."

"그래, 술 공장을 하나 챙겨주지!"

마지막으로 유대 병사 차례였다. 그가 우물쭈물하다가 겨우 말했다.

"폐하, 전 청어 한 마리를 먹는 게 소원입니다. 가능하다면 말이죠."

"세상에! 지금 당장 저 병사에게 청어 한 마리를 갖다주도록 하라!"

나폴레옹이 나간 뒤, 그 자리에 불려왔던 각 나라 영웅들이 고작 청어

한 마리를 요구했느냐고 유대인을 조롱했다.

하지만 유대인은 조금도 꿀릴 게 없다는 얼굴로 이렇게 말하는 것이었다.

"누가 바보인지는 두고봐야 알 걸!"

"?"

"당신들이 요구한 네덜란드 수복, 농장, 술 공장 등은 폐하가 줄 수 없는 것들이오. 하지만 난 지극히 현실적이어서 당장에 얻을 수 있는 청어를 요구한 거요."

분수에 맞지 않게 높은 것만 바라보는 꿈은 현실적으로 착실하게 얻는 이익에 못 미친다.

흡혈박쥐와 야생마

중앙아프리카 초원에 사는 흡혈박쥐는 몸길이가 고작 80밀리미터 정도이지만 야생마의 천적이라고 한다.

이 박쥐들은 동물의 피를 빨아먹고 사는데, 야생마를 공격할 때면 항상말 다리에 달라붙어 뾰족한 이빨로 야생마의 피부에 구멍을 뚫고 입으로피를 빨아먹는다.

말은 아무리 날뛰어도 이 박쥐를 떨쳐버리지 못한다. 박쥐는 아주 여유있게 말의 몸통과 머리에도 옮겨 앉으며 피를 실컷 빨아먹고 나서야 떠나가는 것이다.

그러나 야생마들은 분노하고 내달리다가 피를 흘리면서 서서 죽어간다.야생동물 전문가들의 말에 의하면, 흡혈박쥐가 빨아먹는 피는 그 양이적어서 야생마 한 마리를 죽이기엔 역부족이라고 한다. 야생마들의 죽음은 그 거친 성격과 무리한 질주 때문에 초래된다고 볼 수 있다.

수많은 풍파를 이겨내고 큰 성공을 거둔 사람도 온종일 얼굴을 찌푸리는경우가 있는데, 그 이유를 물어보면 너무나 사소한 일들 때문이다.

사실, 한 사람을 넘어뜨리는 것은 왕왕 엄청난 사건이 아니라 아주 보잘것없는 일들이다.

사람들은 이렇게 대부분의 정력을 끝없이 자질구레한 일들에 소모하며 그것 때문에 신경 쓰고 화를 내면서 결국 본인만 상처를 입는다. 따라서 사소한 것에 목숨 걸지 마라.

운 나쁜 거지

가난한 청년이 청운의 꿈을 안고 도시로 진출했는데, 이상과 현실의 차이가 너무 커서 끝내는 빈털터리가 되어 거리를 떠도는 거지가 되고 말았다.

'나에게 당장 백만 원만 있었으면……'

그는 매일 이런 망상을 하고 있었다.

그러던 어느 날 거지는 우연히 아주 귀여운 강아지 한 마리를 발견했는데, 주위에 임자가 보이지 않자 얼른 그 강아지를 품속에 감추고 자기 숙소로 데려갔다.

그런데 강아지 주인은 그 도시에서 이름난 큰 부자였다. 부자는 자기 피붙이 같은 강아지가 없어지자 안절부절못했다. 그래서 서둘러 온갖 방법을 동원해 강아지를 찾았는데, 강아지를 찾아주는 사람에게 5백만 원의 현상금을 주겠다는 광고를 써붙였다.

이튿날 거리를 떠돌다가 그 광고를 본 거지는 부랴부랴 거처로 돌아가 강아지를 안고 현상금을 타러 가려고 서둘렀다. 그런데 그 광고를 써붙인 곳을 지나치다 보니 5백만 원이었던 현상금이 7백만 원으로 바뀌어 있는 게 아닌가! 애가 탄 부자가 그새 현상금을 올려놓았던 것이다. 거지는 자기 눈을 의심할 정도였다. 자기도 모르게 발걸음을 멈춘 거지는 한참 동안 머리를 굴리다가 강아지를 다시 자기 거처로 데리고 갔다.

사흘째 되는 날, 과연 현상금이 더 높아졌고 나흘째 되는 날도 높아졌다. 그렇게 1주일째 되는 날, 현상금 액수가 상상을 초월할 정도로 높아졌을 때 거지는 비로소 강아지를 돌려주려고 했다. 하지만 거처로 돌아가보니 강아지는 이미 죽어 있었다.

결국 거지는 현상금을 한 푼도 손에 넣지 못했고, 여전히 거지로 살아갈 수밖에 없었다.

'거지심리'를 갖고 사는 사람들이 적잖이 많다.

주식 거래를 봐도 그렇다. 싼 가격에 사서 고가에 판다는 건 누구나 알고 있는 이치다. 그런데 팔아야 할 때를 모르는 것이 문제다. 주가가 오르면 오르겠거니 하고, 내리면 계속 폭락하기를 기다리는 한탕주의 심리인 것이다.

결단해야 할 때 결단을 못 내리다 보면 결국엔 공든 탑도 무너지고 만다. 명심하라. 다 삶아놓은 꿩도 날아가버리는 수가 있다.

 ## 농부와 땅

어디서 땅을 판다는 소문에 귀가 솔깃해진 농부가 그곳을 찾아가 땅값을 물었다.

그곳 현지인이 말했다.

"금 열 냥만 내면 당신에게 하루의 시간을 줄 것이오. 해가 떠서 질 때까지 걸어서 얼마만큼의 땅을 돌아오면 그 땅은 곧 당신 소유가 되는 것이오. 하지만 명심하시오. 해가 떨어질 때까지 출발지점으로 돌아오지 못하면 그 땅을 한 뼘도 소유할 수 없소."

농부가 속으로 중얼거렸다.

'좀더 고생해서 어떻게든 많이 걸으면 더 넓은 땅을 가질 수 있겠군. 이거야말로 수지 맞는 장사 아닌가!'

농부는 그 즉시 금 얼 냥을 내고 현지인과 계약을 맺었다.

이튿날 하늘이 희뿌윰해지자 농부는 성큼성큼 걷기 시작했다. 점심때가 되어도 농부는 빵 한 조각 입에 넣을 생각 없이 부지런히 걷기만 했다. 뒤를 돌아보니 출발지점이 이미 까마득했지만 농부는 앞을 향해 무작정 걷기만 했다. 조금만 더 고생하면 더 넓은 땅을 얻어 부자가 될 수 있다는 생각에 힘든 줄도 몰랐다.

얼마나 더 갔는지 어느덧 해가 지평선과 가까워지고 있었다. 농부는 초조해지기 시작했다. 해가 떨어지기 전에 출발지점으로 돌아가지 못하면 땅을 차지할 수 없기 때문이었다.

농부는 돌아오는 길을 서둘렀다. 그러나 해는 벌써 지평선에 가닿고 있었다. 필사적으로 돌아오던 농부는 끝내 출발지점을 두 발걸음 남겨놓고 기진맥진하여 쓰러져버렸다.

쓰러지는 농부의 두 손이 아슬아슬하게 출발지점에 닿았다. 그 땅이 끝끝내 농부의 소유지가 된 것이다. 그러나 무슨 소용인가, 그 순간 농부는 이미 이 세상 사람이 아니었거늘……!

이 세상을 살아가면서 반드시 고군분투해야 할 때가 온다.

하지만 우리가 나 자신을 위해, 자녀들을 위해, 보다 행복한 삶을 위해 끊임없이 앞으로 내달리면서 목숨 걸고 있을 때 우리는 또한 반드시 '돌아설 때'를 파악할 줄 알아야 한다.

당신의 식구들 그 누구도 당신이 '목숨 바치는 것'을 원하는 것이 아니라, 당신이 무사히 돌아오기만을 기다리고 있다는 사실을 명심하라.

호랑이의 고독

숲 속의 통치자 호랑이는 동물들을 거느리느라 온갖 어려움을 겪어야 했다. 그러면서 자기한테도 약한 면이 있다는 것을 알게 되었는데, 바로 자기가 너무나 외롭고 고독하다는 사실이었다. 그 역시 다른 동물들처럼 어울려 놀 수 있는 친구가 필요했고, 과오를 범했을 때 과감히 충고해줄 진정한 친구가 필요했다.

그래서 원숭이를 불러 물어보았다.

"자네, 내 친구 맞지?"

원숭이가 반색하며 대답했다.

"물론입니다. 전 영원히 당신의 충실한 친구입니다."

호랑이가 물었다.

"그렇다면 왜 내가 매번 과오를 범할 때마다 네 충고를 들을 수가 없었던 거지?"

원숭이가 한참 머리를 굴리는 듯하더니 조심스레 입을 열었다.

"전 단지 대왕님의 부하로서 맹목적으로 존경해오기만 했지 대왕님의 결함 같은 건 미처 찾아볼 겨를이 없었습니다. 그 문제라면 차라리 여우한테 물어보시는 게 좋을 것 같습니다."

그래서 호랑이가 이번에는 여우를 불러들였고, 똑같은 질문을 받은 여우는 이렇게 대답했다.

"원숭이 말이 맞습니다. 대왕님은 신처럼 위대하신 분인데, 감히 누가 대왕님의 결함을 찾는다고 하겠습니까?"

많은 보스가 호랑이처럼 고독감을 느낄 것이다.

조직의 상하구조 특성상 보스와 ㄱ 수하 사이에는 깊은 도랑이 가로놓여
있다. 모든 수하가 보스를 마치 호랑이 대하듯 멀찌감치 피해 다닌다. 잘
못을 지적했다간 괜히 잠든 호랑이의 수염 뽑는 격일 테니까.

또 어떤 수하는 보스의 과오를 지적하기는커녕 망신당하는 꼴을 지켜보고
싶어할지도 모른다. 심한 경우는 보스가 쫓겨나는 걸 고대할 수도 있다.

보스가 수하들로부터 자신의 실질적인 결함이나 과오를 지적받기 위해서
는 다음 사항을 명심해야 한다.

1. 용감한 사람만이 남의 허물을 지적해줄 수 있다.
2. 잘못을 지적해준 사람에게 그로 인한 인센티브를 줄 수 있어야
   한다.
3. 시비를 명확히 구분할 줄 아는 안목과 너그러움을 지녀야 한다.

 붕새와 참새

『장자(莊子)』의 우화에 의하면, 북해에 곤(鯤)이라는 괴어(怪魚)가 살고
있는데 그 크기가 수천 리나 된다고 한다.

이 곤이 변해서 붕(鵬)새가 되는데 붕새 또한 등 길이가 몇천 리나 되고
한번에 9만 리를 날아오르는데, 날개가 구름처럼 하늘을 뒤덮고 해일이
3천 리에 이를 정도로 큰바람을 일으킨다.

잡초더미에서 놀고 있던 참새 한 마리가 구름을 가르며 날아가는 붕새를
쳐다보며 중얼거렸다.

"저 새는 뭘 어쩌려고 저래? 비록 작은 날갯짓이지만 난 이만한 공간에

서도 즐겁기만 하잖아? 근데 저 새는 무엇 때문에 저렇게 힘들게 높이, 멀리 날아가는 건지 원……!"

붕새의 목적지는 남해다. 끊임없이 자신이 살고 있는 북해를 벗어나 남해로 날아가려고 한다.

이는 세속의 삶[鯤]에서 벗어나 영적인 깨달음을 얻은 상태[鵬]로 거듭나서 하늘나라(남해)로 향하려는 인간의 본성을 은유한 이야기다. 즉 붕새는 어디에도 얽매이지 않는 자유로운 정신세계를 마음껏 항해하는 위대한 존재를 상징한다.

눈앞의 이익만 좇는 안광 짧은 사람은 큰 뜻을 품은 사람을 영원히 이해할 수 없다. 그들은 단지 자기만의 작은 울타리에서 자족하며, 큰 뜻을 품고 나아가는 사람들을 추앙하는 존재밖에 될 수 없다.

 # 다 지나간다

근심과 우울증에 사로잡힌 어느 왕이 휘하의 문무백관들에게 명령했다.

"인생이란 무엇인가? 그대들은 가장 완벽한 해답을 찾아오라."

그러면서 왕은 그 해답이 모든 상황에 정확히 적용되어야 한다고 덧붙였다. 즉 득의, 실의, 번뇌, 공포, 쾌락, 성공, 실패 등 모든 상황에 적용할 수 있는 진리를 요구하는 것이었다.

문무백관들이 중구난방으로 수많은 답을 올렸지만 왕을 만족케 할 만한 답은 없었다.

왕이 한탄하고 있을 때, 문득 한 대신이 나섰다.

"제게 사흘만 주십시오. 그러면 폐하께서 만족하실 만한 답을 찾아드리겠습니다."

그 대신은 정확히 사흘 뒤 왕에게 쪽지 한 장을 올렸는데, 이렇게 쓰여 있었다.

'모든 것은 다 지나가게 마련입니다.'

인생에는 기복이 있고, 득실이 있으며, 좋은 것과 나쁜 것이 있다.

기업 경영도 마찬가지다. 이익을 낼 때가 있으면 손해를 볼 때가 있고, 호황이 있으면 불황도 있다.

하지만 이 모든 것이 결국에는 지나가게 되어 있다. 때문에 곤란에 처했다고 자포자기할 필요가 없으며, 순풍에 돛 단 때를 만났다고 자만하고 우쭐거려서도 안 된다.

 # 오늘이 그날

젊은 신사가 행인도 드문 변두리 화원을 찾아왔다.

손님을 맞은 늙은 원예사가 문을 열어주고, 그 젊은 손님에게 화원을 구경시켜주었다.

이제 막 새싹이 돋고 있는 수선화 화분을 어루만지던 신사가 물었다.

"여기서 얼마 동안 사셨습니까?"

"꼬박 25년째 됩니다……."

늙은 원예사의 대답에 젊은 신사의 질문이 이어졌다.

"그동안 주인은 자주 찾아오던가요? 맨 마지막으로 왔다간 게 언제였죠?"

젊은이의 뜻밖의 질문이 되바라지기도 했건만, 원예사는 아무렇지도 않게 대답했다.

"13년 전이었습니다."

"주인이 편지라도 하던가요?"

"그분은 편지 같은 걸 도무지 써보낸 적이 없는 걸요."

"그럼 매달 노임은 누가 지불해줍니까?"

"대리인을 통해 지불받고 있습니다."

"그 대리인은 자주 오겠군요?"

"아닙니다. 매달 제가 대리인을 찾아가서 받아오죠."

"그리고 또 누가 찾아오죠?"

"거의 저 혼자 사는 셈이죠. 낯선 이들도 보기 드물답니다."

"그런데도 화원을 이렇게 잘 가꿔놓으셨군요. 그 이유가 뭐죠? 마치 내일 당장 주인이 오기라도 할 것처럼 예쁘기 꾸며놓으셨으니 말입니다."
노인이 말했다.

"아마 오늘일 겁니다! 전 매일매일 오늘이면 주인이 찾아오실 거라고 생각하고 있습지요."

"그렇습니다, 노인장. 이 화원의 주인은 지금 바로 당신 눈앞에 서 있습니다."

젊은 신사는 그렇게 말하고 나서 자기 아버지가 남긴 유서 한 장을 노인 앞에 펼쳐 보였다. 그리고 부친이 돌아가시기 전에 작성한 유언장에 의해, 원예사가 지난 20여 년간 화원을 가꿔준 정성에 보답하기 위해 화원을 그 원예사에게 물려준다고 말해주었다.

많은 사람들이 '오늘을 산다'는 각성이 없기 때문에 숱한 기회를 놓치고 만다. 그들은 항상 어제를 원망하며 내일에 희망을 걸고 산다. '내일부턴 꼭 이렇게 해야지' 등의 맹세만 하다 보니 결국 소중한 오늘을 낭비하고 만다.

시간은 시위를 떠난 화살같이 지나가는 것. 한번 지나가면 돌이킬 수 없는 것이다. 때문에 삶이란 오늘에만 국한된 밀폐된 공간과도 같다.

한 사람의 일생은 결코 길지 않지만, 우리는 그것을 낭비함으로써 더욱 짧게 만든다.

시간은 인간이 소비하는 것들 중 가장 가치 있는 것이다.

공평한 분배

두 아들을 둔 이스라엘 상인이 있었는데, 유독 맏이를 총애하여 자기가 죽으면 전 재산을 맏이에게 물려주려고 했다.

이에 둘째아들을 측은히 여긴 어머니는 남편에게 유산 분배를 서둘지 말아달라고 부탁했다. 어떻게든 두 아들에게 공평하게 분배하고 싶어서였다.

그날 저녁, 문 밖에서 눈물을 짜고 있는 그녀를 본 행인이 그 사연을 캐묻자 어머니는 이렇게 말했다.

"깨물면 안 아픈 손가락이 없다고, 똑같은 자식이건만 남편은 재산을 꼭 한 자식에게만 물려주겠다고 하니 서러울 수밖에요. 일단은 내색하지 말아달라고 부탁은 했지만, 내 손에 돈이 없으니 이 일을 어찌해야 좋습니까?"

자초지종을 듣고 난 행인이 빙그레 웃었다.

"별로 어려울 것도 없는데요 뭐."

"무슨 좋은 수라도 있습니까?"

행인이 말했다.

"아무 걱정 마시고 두 아들에게 남편 분의 생각을 말해주세요. 그러면 얼마간 둘째아들 때문에 괴로우시겠지만, 장차 두 아들 모두 공평해질 것입니다."

행인의 조언을 듣고 난 어머니는 곧 두 아들을 불러 남편의 작심을 말해 주었다.

그러자 둘째는 곧 집을 떠나 객지를 떠돌며 재주를 익히고 기술을 배워나 갔고, 맏이는 많은 유산을 믿고 술이나 퍼마시면서 망가져갔다.

상인이 죽은 후, 할 줄 아는 게 아무것도 없었던 맏이는 물려받은 재산을 탕진해버렸고, 둘째아들은 노력 끝에 큰 부자가 되었다.

일을 할 수 있는 두 손과 머리는 가장 큰 재산이다.

물질만능주의에 길들여진 사람들은 흔히 물질적 풍요만 중시하고 정신적 가치는 소홀히 하기 쉬운데, 물질적 가치는 이동하지만 정신적 가치는 영원한 것이다.

이솝우화보다 재미있는 현장우화집

하늘은 무너지지 않는다

초판 1쇄 ㅣ 2013년 8월 20일

지은이 ㅣ 김견 · 박성재
펴낸이 ㅣ 유동범
펴낸곳 ㅣ 도서출판 토파즈

출판등록 ㅣ 2006년 6월 26일 제313-2006-000137호
주 소 ㅣ 경기도 고양시 덕양구 행신동 746-7번지 써니빌 102호
전 화 ㅣ 02-323-8105
팩 스 ㅣ 02-323-8109
이메일 ㅣ topazbook@hanmail.net

ISBN 978-89-92512-41-1 (03820)